Les Spectres de la Mémoire

Livre 1 - Karl

Bruno Négoce

Du même auteur :

Les Cerisiers ne Pleurent Jamais. Ecrit en 2014 à publier.

La Permanence de l'Adhérent. Ecrit en 2015 à publier.

Les Spectres de la Mémoire. Livre 2. Ecrit en 2016 à publier.

Les Spectres de la Mémoire. Livre 3. Ecrit en 2016 à publier.

Pour suivre l'actualité de Bruno NEGOCE :

https://brunonegoce.wordpress.com

https://www.facebook.com/BNegoce

« It is better to die for an idea that will live, than to live for an idea that will die. »

Steve Biko

« Mieux vaut mourir pour une idée qui survivra, plutôt que de vivre pour une idée qui finira par mourir. »

Steve Biko.

Chapitre 1

Les sanglots étranglés, d'une voix fluette éraillée de vieillesse, étouffaient la voix du journaliste des Nouvelles du soir. A mesure que les images d'un vieil homme appuyé sur sa canne défilaient sur l'écran, les pleurs de la téléspectatrice s'épaississaient. Son cœur alourdi de douleur avait fait crever ses yeux de larmes. Son front bas, chargé de sueur, avait arqué le haut de son dos. Machinalement ses mains tremblotantes trituraient nerveusement son pendentif représentant le Magen David. A chaque fois que les spectres de sa mémoire venaient hanter son esprit, elle faisait ce geste comme si elle s'accrochait à une amulette ancestrale qui devait exorciser sa frayeur. Sans le savoir, ces mouvements la protégeaient, comme par magie, des démons de son passé.

A part cette lourde tristesse, elle ne ressentait aucune autre sensation extrême telle que la peur, la colère ou la vengeance. Elle observait, pâle de détresse, ce vieil homme un peu hautain fixant la caméra avec un regard de défi amusé. Il semblait jouir du tumulte qui s'agitait autour de lui. Fin et digne, dans sa chemise blanche et son complet sombre, il avait noué autour de son cou une cravate noire. Il paraissait s'être vêtu élégamment pour paraître à son avantage sur les photos prises par les journalistes qui n'allaient pas manquer de faire la Une de la presse écrite. Ses cheveux gris, soigneusement coiffés, formaient un léger voile capillaire au-dessus de son crâne. Malgré l'expression de son visage troublé de rides, elle avait reconnu son nez, sa lippe hargneuse et surtout ses yeux aux pupilles douces qui se durcissaient si facilement.

Le robinet de la cuisine resté ouvert remplissait le bac de l'évier où trempaient les légumes de la soupe. L'eau finit par déborder de la cuve et par s'étendre sur le carrelage, arrosant les pieds des chaises et ceux de la table en bois. L'averse de ce ruissellement cognant contre les carreaux attira une rafale d'enfants qui s'abattit, joyeuse, sur le sol détrempé. Le grondement de colère d'une femme entre deux-âges déferla sur les polissons, fondant, en un éclair, leur joie enfantine. Le tonnerre de récriminations roula vers la téléspectatrice abattue sur un fauteuil à l'assise grasse et aux accoudoirs menus.

« Maman !, hurla-t-elle, excédée, en fermant le robinet, la cuisine est complètement inondée. Les enfants en ont profité pour s'en mettre partout. Ils sont trempés. »

A quatre pattes sur le carrelage, ceinte d'un tablier à fleurs orange, elle épongeait le sol avec un vieux vêtement au tissu fatigué. Dès que sa serpillère était saturée d'humidité, elle l'essorait dans un seau en plastique transparent. Elle tapotait les carreaux énergiquement, le front enfiévré de sueur et d'exaspération. Elle sautillait avec des mouvements hachés et saccadés, jetant un regard anxieux et inquiet vers le salon où sa mère immobile et tremblotante fixait l'écran de télévision.

« Maman, fit-elle, une fois que la cuisine fut asséchée. Qu'est-ce qui se passe ? »

Les poings sur les hanches, elle se tenait sur le seuil de l'entrée du séjour. Sa chevelure blonde, grisée de cheveux blancs, était tressée en une unique et longue natte s'arrêtant au milieu de son dos. Angoissée, elle observait les doigts de sa mère triturer le pendentif familial. Cette manie, elle le savait, laissait présager une catastrophe à venir.

Pour elle, ce mouvement avait toujours évoqué la tristesse et le malheur. Lorsqu'on leur avait annoncé le décès de leurs proches, sa mère avait saisi le Magen David pendant autour de son cou. Même quand le père de son mari, son beau-père, était décédé, sa mère avait fait le même geste. Le curseur de prudence de Kate s'était donc immobilisé sur la case danger en observant le tic maternel.

Totalement effrayée par le réflexe de sa mère, Kate n'aperçut qu'ensuite les deux ruisseaux de larmes qui débordaient des yeux de sa génitrice. Les pleurs de cette dernière, tels une inondation générée par un orage, emplissaient et dévoraient son visage, déjà bien usé par les épreuves et la lourdeur des regrets. Tout à coup, la fille prit doucement et tendrement, sans un mot, sa mère dans ses bras, enfouissant le visage de la malheureuse dans son tablier à fleurs comme si elle voulait éponger ses larmes dans l'étoffe du tissu. La tristesse maternelle sembla pénétrer dans les vêtements de Kate et s'insérer à travers sa peau jusqu'à son cœur qui grossit d'amertume, puis éclata de chagrin. Elle expurgea cet excès d'émotion en murmurant maladroitement, en yiddish, *"Yomé Yomé"*, une vieille berceuse de son enfance aux intonations slaves.

«- Ne pleure plus maman, ma petite fleur, ta fille est près de toi, lui susurra-t-elle lorsqu'elle épuisa toutes les paroles de la berceuse.

- Ils l'ont arrêté, répéta, plusieurs fois, simplement Blume d'un air hagard et perdu. »

La vieille femme paraissait ânonner cette phrase comme si elle fût un mantra de protection contre l'apparition des démons de son passé. Son esprit semblait absent et sa volonté engourdie par le choc de cette nouvelle. Kate ne l'étreignit que plus fort avec la bonté du désespoir dans l'espoir de retenir cette raison éparse qui se répandait hors du corps de sa mère. Ce ne fut qu'après de longues minutes que ce geste d'affection filiale de désespérée ranima Blume. Celle-ci cessa, comme un premier signe de son désengourdissement, de triturer son Magen David. Son regard tendre enlaça celui de sa fille avec une rageuse tendresse. Elle avait, pour un temps, exorcisé ses spectres qui avaient fendu son âme, broyé son entendement et rouvert ses blessures.

« Ce tablier te va si bien, Kate, fit-elle en se dégageant affectueusement de l'étreinte de sa fille. »

Elle éteignit la télévision à l'aide de la télécommande qu'elle abandonna, négligemment sur la table basse, en bois de rose, disposée entre son fauteuil et le poste de Télé. En se levant, elle effleura d'une caresse du dos de sa main la joue de sa fille. Dans la sémantique gestuelle familiale dont les deux femmes étaient d'assidues locutrices, cela voulait dire : « Ne t'inquiète pas ma chérie, tout ira bien. »

Kate appréciait ces moments de résilience qui succédaient aux détresses maternelles générées par un cauchemar ou le retour d'un objet du passé. Après ses crises, sa mère était toujours furieusement prodigue et joyeusement dynamique malgré les malheurs de la vie qui avaient érodé sa confiance et son entrain. Son sourire avait quelques éclats d'innocence enfantine dont les aiguillons picotaient de joie le cœur de Kate. Celle-ci, dans ces instants-là, frissonnait de bonheur de la voir si svelte et si heureuse en dépit des épreuves.

« - Kate !, s'écria la vieille femme, pourquoi as-tu passé la serpillère ? Le ménage, reprit-elle sans attendre la réponse de sa fille, je l'avais fait moi-même en début d'après-midi. Tu trouves peut-être que je ne sais plus tenir une maison propre ? Questionna-t-elle sur un ton espiègle, ironique et moqueur.

- Maman ! S'offusqua Kate avec une expression exagérément outrée, lorsque je suis arrivée, ton évier débordait et tes petits-enfants jouaient à la pataugeoire dans ta belle cuisine bien propre.

- Ah bon, fit-elle sérieusement le visage déformé d'inquiétude, mais ces garnements auraient pu glisser et se blesser.

- Heureusement il ne leur est rien arrivé de grave. Ils se sont juste trempés. Je les ai envoyés se changer pour éviter un refroidissement par ce temps humide. »

Rassérénée, Blume se remit tranquillement à sa besogne qui avait été interrompue par le reportage du journal de dix-huit heures. Elle lavait ses légumes, elle les épluchait sous le regard interrogatif, appuyé et confus de sa fille qui avait posé ses poings sur ses hanches, l'air choqué par le comportement distant et calme de sa mère.

« Cesse de me fixer ainsi avec cette expression d'âme perdue, lui fit remarquer Blume, une fois que celle-ci eut disposé sa marmite de soupe sur sa cuisinière. »

Kate sourit. C'était l'annonce qu'elle attendait, le moment des explications. Blume observa sa fille s'asseoir confortablement sur une chaise en bois de pin dont les pieds étaient ombrés d'humidité. Seul le sifflement continu du bruleur à gaz troubla le silence complice des deux femmes qui savaient que, d'un instant à l'autre, la confession allait commencer.

Blume fixa les yeux bleus de sa fille scintillant de bonheur. Son regard s'arrêta sur le teint légèrement ombragé de Kate dont le bronzage estival ne s'était pas encore totalement estompé. Sa chair, à peine nuancée de brun, laissait perler, sous cette couche brunie par le soleil, ses teintes pâles de blonde slave. Les yeux de la vieille femme se perdirent dans les courbes ondoyantes de la taille de sa fille qui lui évoquaient les silhouettes des femmes de sa famille disparues dans les camps. Elle sourit amèrement à cette pensée.

« Maman, as-tu retrouvé un objet ou un souvenir douloureux ? Lui demanda-t-elle quand l'amer sourire de sa mère parut sur les lèvres de celle-ci. »

Silencieuse, le regard perdu, Blume traina la chaise qui se trouvait en tête de table jusqu'à celle où était assise Kate. Elle s'y installa. Elle se pencha vers sa fille et enveloppa affectueusement ses mains dans le creux des siennes comme si elles les couvaient de son chaleureux amour.

« Kate, commença-t-elle, en observant de ses yeux verts endeuillés de peine et aux expressions vagues, ses quatre petits-enfants qui s'affairaient dans le séjour. »

Elle s'interrompit pour contempler les héritiers de sa lignée. Ceux-ci disposaient, sur la table, les couverts en argent et les élégantes assiettes en faïence que le grand-père de Blume avait pu sauver de l'avidité de ses persécuteurs, là-bas dans les steppes orientales, en fuyant les pogroms. Il lui semblait que l'existence de ses descendants tenait du miracle. Leurs petites voix rieuses et leurs gaietés innocentes étaient autant d'offrandes qu'elle dédiait à la mémoire de ses proches prématurément disparus. A ce moment, son salon était devenu un petit autel voué au culte de ses ancêtres, regorgeant d'heureux hommages à la vie et aux siens sacrifiés.

« - Kate, reprit-elle, lorsque les enfants, une fois la table mise, s'égaillèrent aux quatre coins de la maison, Karl Von Botchen a été arrêté aujourd'hui par la police. Il est revenu dans notre pays, sur le lieu de ses anciens crimes, pour subir l'opération chirurgicale de la dernière chance. Malgré qu'il soit arrivé sous un nom d'emprunt, les forces de l'ordre l'ont cueilli à l'aéroport. Il sera probablement mis en examen pour crime de guerre et crime contre l'Humanité.

- Karl Von Botchen est donc… s'arrêta Kate, en hésitant sur les mots qu'elle allait prononcer.

- … l'homme qui a fait arrêter et déporter notre famille vers les camps où ils ont tous péri d'une mort atroce et cruelle, conclut Blume en prenant, dans ses bras, sa fille qui sanglotait éperdue de tristesse et de regret. »

Il secoua rageusement la tête de dépit, en

suivant inconsciemment le rythme de ses essuie-glaces. Ceux-ci balayaient nerveusement le ruissellement de précipitation qui lessivait son pare-brise. Machinalement, il appuya son coude contre la portière, en lissant ses cheveux frisés, châtain foncé, constellés de fines gouttelettes de pluie. C'était chez lui un geste familier lorsqu'il était contrarié. Son visage au teint jaune abricot était grave et ennuyé. Les ailes de ses narines, légèrement écrasées, semblaient battre l'air frénétiquement dans un frémissement d'excitation nerveuse. Sa tête et ses épaules se redressèrent quand il se remémora sa pénible fin de journée au cabinet.

Le premier appel de sa mère l'avait cueilli en plein travail avec son équipe de stagiaires. Sa secrétaire l'avait averti discrètement, lui chuchotant à l'oreille les prétentions maternelles. Sa génitrice avait prétendu une affaire urgente pour le déranger à son travail. Pourtant, il lui avait souvent demandé de ne jamais l'appeler à son cabinet car cela faisait mauvais genre au bureau. En tant que patron, il se devait d'être exemplaire lui répétait-il sur le ton de l'important à la conscience irréprochable et au sens du devoir cornélien.

Il s'était excusé auprès de ses collaborateurs,

prétextant une affaire urgente, en omettant bien-entendu de les informer sur le caractère privé de l'urgence. Tout le monde visiblement avait accepté, sans résistance, cette suspension de réunion, en dépit de la longue tâche qu'il restait encore à effectuer. C'était le privilège du chef, celui qui payait les salaires et qui avait aussi le droit de remercier les salariés récalcitrants et peu dociles.

Au téléphone, il devait se l'avouer, il n'avait écouté sa mère qu'à moitié. Malgré les plaintes et les reproches maternels, il avait écourté la conversation. Il ne se rappelait alors que de quelques lambeaux de mots et de quelques bribes de paroles, où il était question de dette parentale remontant à la guerre envers un homme qui venait d'être arrêté. Accaparé par ses dossiers professionnels, il avait éconduit rudement sa mère et lui avait raccroché au nez sans ménagement. Sa génitrice têtue l'avait, par la suite, rappelé plusieurs fois mais il s'était obstiné dans son refus de lui répondre pendant cette réunion importante.

Néanmoins, au moment de quitter le cabinet, pris d'un remords filial, il avait cédé aux exigences maternelles en la rappelant lui-même. Cependant, sur un ton froid et sec, il avait mâchonné, sournoisement, quelques phrases désagréables : « Maman, je te rappelle qu'aujourd'hui, comme chaque semaine, c'est le jour où je dine avec Kate et les enfants chez ma belle-mère. Et d'ailleurs, je suis déjà bien en retard. » Plus combattive que jamais, sa mère avait tout de même eu le temps de lui arracher son consentement pour un rendez-vous le lendemain à l'heure du déjeuner.

A cet instant, sur l'autoroute qui le conduisait vers l'Ouest, sur la côte, il regrettait déjà d'avoir cédé à la demande de sa mère. Sa faiblesse, lui semblait-il, allait être un encouragement à ce qu'elle le dérangeât de nouveau à son bureau. Pourtant, il la plaignait. Depuis le décès de son époux qu'elle avait aimé profondément, avec même, selon lui, une obsession excessive et singulière, elle se sentait démunie, seule. Elle vivait, sans amis, recluse chez elle. Parfois, Arnold avait l'impression que son affection exclusive pour lui avait le gout du renfermé. Malgré cela, il avait besoin de ce modeste lumignon d'amour maternel. Il pouvait le moucher de temps en temps, mais il était effrayé de ce que la pâleur chaque fois plus fouillée de sa mère ne fît fondre l'existence de celle-ci. C'était probablement cette lâche peur qui le poussait à se soumettre à ses exigences.

En sortant de l'échangeur de l'autoroute, il déboucha sur une route départementale, pleine de triste obscurité, ornementée, de temps en temps, par les phares de rares véhicules. Il s'enfonça dans la campagne assoupie du littoral, constituée de villages somnolents et de champs engourdis par la fraicheur nocturne. La pluie, elle aussi, s'assoupit lorsqu' Arnold atteignit le grand bourg désert, égayé par de puissants lampadaires, posés au bord du sombre océan. Il se dirigea vers la périphérie de cette petite ville jusqu'à une grande maison dissimulée derrière un grand mur en meule aux allures ténébreuses. Il ouvrit le portail à l'aide d'une télécommande qu'il avait coincée entre son siège et sa boite de vitesse. Ses roues glissant doucement sur l'herbe humide, il se gara entre le véhicule de sa femme et celui de son beau-frère. Le reflet d'une contrariété fit battre nerveusement les ailes de ses narines lorsqu'il pensa que son épouse devait être excédée par son retard. La tête engoncée dans les épaules, le front bas et soumis, Arnold pénétra dans la maison.

Il retira ses chaussures dans le vestibule. Il inséra ses pieds dans les chaussons réservés pour lui chez sa belle-mère. Celle-ci les avait achetés dans un souk oriental et elle y avait fait broder les initiales de son gendre en fils dorés sur le haut de chaque semelle. Ainsi, disait-elle sur un ton maternel, personne ne porterait par mégarde les pantoufles de son beau-fils. Elle prononçait les deux mots « beau-fils » en appuyant avec insistance sur chacun d'eux de telle sorte qu'il était aisé de comprendre qu'elle disait : « Arnold, mon fils, tu es beau.» Ce comportement le rendait heureux et également mal à l'aise lorsqu'il songeait aux relations froides que sa propre mère entretenait avec sa femme. Cet embarras s'était accentué à la mort de son père comme si la disparition de celui-ci qui adorait sa bru avait alourdi et déséquilibré la balance d'égalité qui le liait à son épouse vis-à-vis de leurs belles-mères respectives.

Submergé de culpabilité par son retard, il n'avait pas osé allumer la lumière du couloir. Il souhaitait faire une entrée discrète et modeste comme un homme reconnaissant tacitement sa faute. Comme il marchait dans ce fond de pénombre, son regard vint s'ancrer sur le jet de lumière au bout du corridor qui débordait du séjour. C'était le calme plat, le silence profond. Sur le seuil du salon, il entendit une rumeur de sanglots retenus et un clapotis de sons étouffés inintelligibles.

Seuls ses couverts l'attendaient sur la table, calés entre la soupière et le plat chaud. Le reste du service avait été débarrassé. Plus loin, sur les canapés épousant le recoin de la pièce, quatre personnes, un jeune homme et trois femmes, se serrant tendrement les uns contre les autres, étaient assises. Le jeune homme, le visage grave et attendri à la fois, se leva et enlaça, sans un mot, le nouvel arrivant, les yeux fixés sur la photo de famille de Blume, datant du début de la dernière guerre.

« - Un malheur est arrivé !? Où sont les enfants ? Questionna Arnold effrayé et blême, une fois que son beau-frère eut relâché son étreinte. Répond-moi Joshua, fit-il en saisissant son vis-à-vis par les bras.

- Les enfants dorment à l'étage. Ne t'inquiète pas, ils vont très bien, répondit Kate d'une voix douce et atone de tristesse.

- Il n'y a rien de grave, ajouta le jeune homme. Maman nous a juste raconté la vie de ses parents avant la catastrophe. »

Joshua fixa sa mère de ses yeux clairs aux couleurs ambiguës et indéfinies. Ses cheveux dorés et frisés, coupés courts, paraissaient se refléter sur son teint ambré. Son nez fin et relevé à la naissance s'élargissait et s'aplatissait à l'autre bout. Ses lèvres charnues étaient serrées de dépit. Il était grand et bien bâti. Il dépassait le mètre quatre-vingt-dix.

«- Blume, demanda Arnold toujours inquiet, en embrassant sa belle-mère, tu as retrouvé un objet ou rencontré une ancienne connaissance d'avant-guerre ?

- Je t'expliquerai une fois que tu auras salué ta future belle-sœur, affirma-t-elle avec un sourire éclatant de bonheur en fixant le ventre arrondi de sa future bru.

- Ne bouge pas Golda, lui fit-il quand la voisine de sa belle-mère essaya de se soulever de son siège.»

Arnold se pencha sur les joues d'une jeune femme aux longs cheveux bruns et aux yeux marron qui sourit amicalement, en se soulevant à peine de son siège, quand le nouveau venu l'embrassa. Un masque de grossesse opaque et rouge voilait les traits de son visage. Le regard de Golda épanoui par une grossesse heureuse jaillissait, doux et charmant, à travers ces rougeurs. Les rondeurs gracieuses de son visage trahissaient une gourmandise assumée, liée à son bonheur de porter une vie. Sa poitrine dilatée avait grossi, muri au point de faire éclater, comme une noisette trop mure, les balconnets de ses soutiens-gorges. Souvent, le soir, lorsqu'elle se déshabillait, elle observait d'un air attendri le liquide laiteux qui avait mouillé ses sous-vêtements, émue par le miracle qui s'accomplissait en elle avec ce fruit de vie lové dans ses entrailles.

Arnold embrassa tendrement Kate qui frissonna doucement au contact des lèvres de son mari. Au moment où celui-ci pivotait vers Blume pour obtenir des explications, celle-ci se leva promptement de son siège et s'écria avec une joie forcée :

« - Allez, mon Beau Fils, tu gouteras bien ma soupe avant que mon histoire ne te gâche probablement l'appétit.

- Fais comme elle dit, lui murmura Kate, en s'accrochant à son bras comme si elle recherchait un appui pour ne pas sombrer dans un triste désespoir. Sinon, je pourrais bien me mettre en colère à cause de ton retard, lui fit-elle remarquer en souriant ironiquement et en le fixant d'un air entendu. »

Les lèvres d'Arnold se pincèrent comme celles d'un enfant réprimandé avant de se plier en un sourire malicieux et complice. Il inclina sa tête sur celle de sa femme et se laissa porter, entouré par l'amour de sa famille jusqu'à son assiette et ses couverts.

Ce ne fut qu'une fois son repas terminé que Blume lui annonça l'arrestation de Karl Von Botchen, « le Rabatteur de Noyles », leur ville natale à tous.

Chapitre 2

Cette matinée au tribunal avait été houleuse et difficile. Il avait plaidé contre l'état et le ministère public dans une affaire d'expropriation abusive effectuée par les agents du gouvernement. Comme d'habitude, songeait-il, lorsque la frontière entre l'intérêt général et celui privé de certains personnages politiques était floue, les choses se compliquaient toujours et les pressions extérieures s'accentuaient.

Il était question d'un super tanker chargé de pétrole qui avait été arraisonné par la Marine sous prétexte qu'il s'agissait d'un produit de contrebande provenant d'un pays soumis à un embargo international. Pourtant, tous les papiers étaient en règle. Le ministère public ne possédait aucune pièce tangible prouvant le contraire. Arnold soupçonnait une cabale politicienne organisée par la Grande Entreprise Pétrolière qui exerçait un quasi-monopôle sur l'achat et la distribution de produits pétroliers dans le pays. Ce qui était en jeu dans cette affaire, c'était moins la valeur de la cargaison que les dommages-intérêts qu'allait entrainer une condamnation. Car dans ce cas, les armateurs, clients d'Arnold, devraient faire face à de tels tracas que leur entreprise en serait ruinée.

Pour lui, de toute façon, malgré les menaces téléphoniques, anonymes bien-entendu, et la guérilla administrative menée par le parquet, constituée d'ajournements et d'ergotages procéduraux, le verdict pencherait en sa faveur. Ce n'était qu'une question de temps. Ses clients ayant une assise financière confortable, pouvaient patienter jusqu'à la décision de justice finale.

Le taxi déposa Arnold au pied d'une massive maison bourgeoise maçonnée en pierres de taille, coiffée par un toit en ardoise. Sa façade imposante, sale et austère, était bardée par de grandes fenêtres aux sombres volets en fer toujours fermés. La grisaille pluvieuse qui enveloppait la ville depuis plusieurs semaines donnait l'impression qu'elle s'était incrustée sur cette demeure, la rendant triste et grisâtre. Courant sous la pluie, abrité par un parapluie noir, l'avocat se coula dans la maison après avoir ouvert la porte avec une clé qu'il avait retirée de sa poche. Après s'être chaussé de chaussures pour l'intérieur, il traversa un corridor aux murs nus exposés par une lumière crue.

« Votre mère vous attend dans la salle à manger d'hiver, lui dit une femme de ménage d'une cinquantaine d'années, à la peau très noire et aux hanches développées. »

C'était une paysanne venue d'outre-mer, d'une ville liée à l'eau et aux collines. Depuis trente ans qu'elle travaillait dans cette maison, elle s'absentait, chaque année pendant deux mois, pour rendre visite à sa famille restée dans son bourg natal. « C'est pour me ressourcer. La grisaille est difficile à supporter, vous savez, j'ai besoin de soleil », disait-elle pour justifier une absence que Madame ne supportait plus. Elle accompagnait toujours ce commentaire par un large sourire qui fendait son visage en une expression naïve et innocente.

« Rose, comment va ma mère aujourd'hui ? »

demanda-t-il, par réflexe, comme à chaque fois qu'il entrait dans cette maison. C'était un rituel qui imposait la réponse conventionnelle : « Madame va très bien ! » Alors qu'Arnold avait déjà fait quelques pas dans la cour intérieure jonchée de gazon et enrobée de gravier, il s'arrêta, surpris qu'il manquât un morceau du rite. Silencieux, il fixa la femme de ménage d'un air étonné, en inclinant légèrement la tête sur la droite, pour l'inviter à s'épancher.

« - Eh bien Monsieur, depuis hier Madame ne va pas bien du tout.

- Que lui arrive-t-il ? Chuchota-t-il en rebroussant chemin.

- Madame est stressée. Elle est constamment sur les nerfs. Elle marmonne sans cesse. Et ce matin, quand je suis arrivée, elle sanglotait devant la photo de votre père, ajouta-t-elle en se penchant vers son interlocuteur et en murmurant. C'était triste à voir.

- Savez-vous la raison de ce chamboulement ? Questionna-t-il la voix frémissante.

- Non, je n'en ai aucune idée. Mais ce que je puis vous dire avec certitude, Monsieur, c'est que son comportement a changé à la suite de l'appel d'un homme au léger accent étranger.

- Son nom ? L'interrompit-il.

- Il ne me l'a pas donné. Il m'a juste dit qu'il voulait parler à Madame d'une affaire urgente. Et il a ajouté, dites-lui que je suis une connaissance de guerre de son mari.

- C'est tout ce qu'il a dit !

- Oui. Lorsque j'ai tout répété à votre mère, elle est devenue blanche comme une aspirine, dit-elle avec un accent plus prononcé qu'à l'ordinaire, comme si l'émotion avait enclenché involontairement ses vieux automatismes. »

Durant la conversation, Rose était restée sur le seuil de la porte du couloir pendant qu'Arnold se trouvait dans la cour intérieure, sous la pluie qui s'était empoussiérée de bruine. L'eau dégoulinait de ses cheveux de tout côté, alourdissant ses boucles frisées, raidissant sa chevelure.

« Monsieur, ne restez pas là, vous êtes tout trempé. Allez la rejoindre, elle vous attend avec impatience, malgré les apparences. »

Lorsqu'Arnold atteignit le séjour d'hiver, sa mère fixait déjà sur lui ses yeux bleus, ruisselant de crainte.

« - Tu n'aurais pas dû rester si longtemps sous la pluie à parler avec Rose, tu risques d'attraper quelque chose, lui fit-elle remarquer en le serrant très fort dans ses bras.

- Maman, toi aussi tu vas être mouillée, répliqua-t-il lorsqu'il vit le visage maternel se noyer dans les replis de son emmanchure trempée par la pluie. Avant de manger, je vais aller me changer, dit-il en écartant doucement sa mère.

- Finalement tu as bien fait de laisser une partie de ta garde-robe à la maison. Tu pourrais dire merci à maman, ajouta-t-elle ironiquement. »

Elle sourit quand elle entendit son fils grommeler gentiment depuis la chambre. Une bourrasque, secouant le crachin qui virevolta comme des grains de poussières portés par le vent, vint faire frissonner les fenêtres qui donnaient sur le jardin. Cette vibration de verre la fit se pincer le nez pour juguler les frémissements nerveux de ses narines. Elle taisait son anxiété. Elle considéra le portrait de sa famille déposé sur le piano droit. Elle était assise à côté de son défunt époux, sa main était chastement posée sur celle de son conjoint. Derrière eux, leur fils, debout, penché en avant, avait passé sa tête entre leurs visages, les bras entourant leurs épaules.

« Alors Maman, de quoi voulais-tu me parler ? Questionna Arnold, en réajustant sa veste comme s'il cachait son trouble sous l'épaisseur d'une activité domestique. »

Tout en contemplant le portrait de famille du piano d'un air morose, elle exécuta le protocole de politesse d'un ton morne. Ce fut une considérable série de questions qui réclamaient une réponse brève sans épanchement. Berthe questionna son fils sur la santé de ses proches. Cette procession de demandes respectant les principes de la courtoisie fut enclenchée froidement. La belle mécanique s'enrailla légèrement, butant, en bégayant, sur le nom de Blume, comme si le nom de celle-ci avait résisté au broyage de cette insipide machinerie de civilité.

« Allons manger, dit-elle, lorsqu'elle eut achevé le cérémonial de bonnes manières. »

En s'asseyant à table à côté de son fils, le visage de Berthe se pénétra de nostalgie, celle des repas de famille quand son mari était en vie et son Arnold encore un enfant. A cette époque, leur tendresse l'entourait et la recouvrait d'une chaleureuse couverture d'affection. Lorsque le doute sur la fidélité de son époux l'étouffait, elle s'abritait et se réchauffait à l'âtre de cette harmonie familiale retrouvée autour de la table. Pendant ces moments agréables, elle se sentait revivre, son cœur s'apaisait, sa jalousie s'estompait.

La conversation du déjeuner fut remplie par des anecdotes du passé et par les victoires professionnelles d'Arnold. Les belles envolées lyriques de son fils devant la Cour nourrissaient sa fierté maternelle. Parfois, lorsque Rose était partie, elle allait le voir en secret au Tribunal pour l'admirer dans sa longue toge noire de juriste. Elle choisissait toujours les audiences médiatiques car elle pouvait se dissimuler derrière la foule. Elle était discrète. Elle jouissait simplement du spectacle du talent de son fils et de sa réussite. Dès qu'elle était seule avec lui, elle ne manquait pas de le questionner sur l'Affaire à laquelle elle avait assisté. Elle appréciait comparer les explications d'Arnold avec les événements qu'elle avait vus.

Quand Rose déposa les fruits sur la table, à l'étape dessert, la conversation qui avait été lancée au grand galop pendant le repas s'était ralentie, puis s'était peu à peu affaissée mollement vers un silence embarrassé. Berthe paraissait reprendre son souffle avant d'aborder le sujet qui la tracassait, tandis qu'Arnold attendait, cachant son impatience derrière une pomme verte qu'il croquait goulûment.

« - Les Affaires dont tu t'occupes actuellement te paraissent intéressantes et passionnantes ? Lui demanda-t-elle les yeux fixant l'orange qu'elle était en train d'éplucher.

- Ma foi ! Fit-il simplement en feignant d'ignorer que sa mère cherchait le moyen d'évoquer le point qui l'agaçait depuis la veille. »

Berthe cessa de couper son agrume. Elle releva la tête pour plonger son regard dans celui de son fils. L'expression de ses pupilles bleutées s'était endurcie. Elle savait qu'Arnold la titillait avec son « Ma foi » qui n'avait aucun sens.

« Mon chéri, continua-t-elle en adoucissant le ton de sa voix, mais en maintenant la dureté de son regard, ton défunt père te manque ? »

Arnold repoussa sa pomme. Ils s'observèrent tous les deux, chacun tenant son fruit devant lui. Les chocs des pesants pas de Rose dans la cuisine alourdirent l'atmosphère de leur face à face. C'était un duel de silence. Ni l'un ni l'autre n'avait l'intention de céder, de se soumettre en posant une question. Attirée dans le séjour par ce mutisme éloquent, Rose brisa le combat en entrechoquant, énergiquement ses chaussures sur le parquet en chêne massif.

« - Eh bien Rose, que vous arrive-t-il ? Vous voulez bousiller le parquet ? La réprimanda Berthe, sans quitter son fils du regard.

- Du tout, Madame. Je pensais juste être devenue sourde, lui répondit-elle avec l'accent d'une insolence naïve. Mais, maintenant ça va. Mon inquiétude est partie puisque je vous entends bien… parler, ajouta-t-elle avec un léger sourire espiègle et moqueur.

- Maman ! Rose est inquiète pour ta santé, reprit Arnold quand la femme de ménage eut regagné la cuisine. Et moi aussi, confessa-t-il dans un murmure en se levant de table et en évitant, par pudeur, les beaux yeux de sa mère.

- Hier soir, je suis allée sur la tombe de ton père pour lui parler, commença-t-elle. Es-tu venu lui rendre visite une seule fois sur sa tombe depuis ses obsèques ? Lui reprocha-t-elle en le regardant droit dans les yeux.

- Maman ! S'emporta Arnold, en faisant le va-et-vient dans le salon, papa est mort. Il n'est plus de ce monde ni de cette planète d'ailleurs. Il n'habite pas dans cette tombe. Si tu l'ouvrais, tout ce que tu y trouverais ce serait des os et de la poussière, rien de plus.

- Est-ce-que tu lui parles parfois ? Lui demanda-t-elle d'une voix fluette étranglée de sanglots. Te tournes-tu de temps en temps vers sa mémoire ?

- Mais bien-sûr, maman que je pense à lui de temps à autre, fit-il en redressant sa tête et en écartant les bras d'impuissance.

- Lui reproches-tu quelque chose ?

- Mais non, absolument rien.

- Il a été un bon père qui t'a offert une belle enfance ?

- Aucun doute là-dessus.

- Bien fit-elle simplement comme si elle venait de résoudre la première phase du problème qui la dérangeait.

- Où veux-tu en venir avec ces questions ? Pourquoi jauges-tu ma fidélité à la mémoire de mon père ? Tu as des doutes, maman ? »

Arnold observait sa mère avec une expression d'incrédulité et de surprise. Berthe s'était levée. Elle marcha à petits pas jusqu'à un fauteuil, où elle s'assit en posant ses deux jambes, surélevées d'un coussin au tissu damassé, sur la table basse en bois d'acajou dont la teinte épousait parfaitement celle du parquet. Quelques varices bleutées lézardaient son tibia et son mollet en s'enroulant autour de chacune de ses jambes. Le bas de sa jupe à fleurs bleues sur fond blanc, relevé jusqu'à ses genoux, pendillait négligemment, ouvrant un espace béant entre ses cuisses et l'étoffe. Les deux bras confortablement appuyés sur les accoudoirs, ses yeux observaient d'un air absent, sans les voir, les motifs abstraits de la tapisserie beige, piquetée de traits géométriques marron et noirs.

Arnold, assagi, s'était rapproché de sa mère. Il s'accroupit à côté d'elle et posa sa main affectueusement sur celle de Berthe. Ce chaleureux contact attira le regard larmoyant de celle-ci, hébétée de surprise. Depuis le mariage de son fils qu'elle avait accueilli fraichement, les gestes de tendresse d'Arnold envers elle étaient devenus rares et courts. Elle était heureuse. Un sourire épanoui fit fleurir l'expression de son visage. Le rictus soucieux enchâssé entre ses yeux se relâcha. A son tour, elle posa, tremblotante de joie, son autre main sur celle de son fils en hochant doucement de la tête.

« - Vas-y maman, dis-moi ce qui te tracasse depuis hier. Je ferai tout ce qui est en mon pouvoir pour te soulager, tu le sais bien, ma petite maman, lui susurra-t-il doucement.

- Je le sais, répondit-elle. »

L'émotion trop forte avait rosi tendrement ses joues. Son attitude revêche s'était fendue pour laisser paraître l'amour d'une mère qui avait été trop longtemps sevrée de celui de son fils. Elle écrasa, du revers de sa main, deux grosses gouttes qui bourgeonnaient aux bas de ses yeux. Son visage amaigri tourné vers Arnold, avec sa fine chevelure poivre et sel où alternaient, pêle-mêle dans un ordre naturel chaotique, les cheveux gris et noirs, elle contint son émotion, un bref instant, sous ses paupières baissées. Elle moucha, dans un élégant mouchoir blanc liseré de rouge, son rustique nez de paysanne dont l'arête formait un arc brisé, comme si le dur labeur ancestral pesait encore sur cette face embourgeoisée par la guerre. Sa bouche, quasiment sans lèvres, s'incrustait en pleine peau, au-dessus d'un menton couvert d'un doux et léger duvet brun. Elle se fendilla. Un soupir d'impuissance et de soumission passa, comme la bourrasque avant-coureuse qui annonçait la tempête et le désastre.

« Hier, j'ai reçu un appel téléphonique impromptu d'une très vieille connaissance de ton père, commença-t-elle, en s'adossant au dos de son siège, le regard las fixant le plafond comme si elle y trouvait les mots qu'elle prononçait, cachés dans la peinture blanche. Il m'a demandé de lui rendre service au nom d'une ancienne dette morale que nous avons contractée envers lui. »

Elle s'interrompit. Sa main se crispa sur celle de son fils. Ses narines frémirent. L'espace semblait s'être contracté comme si le vol froid d'un spectre effrayant avait balayé la salle à manger. Elle était pétrifiée par ce souvenir. Son expression contrariée se remit en phase anxiété. Son visage redevint livide. Imperceptiblement, sa chair tremblotait, agitée par une nervosité qui s'accroissait. Ses paupières s'abaissèrent. Muette, elle cherchait la sérénité.

« Maman, ne t'en fais pas, la rassura Arnold, je suis là. Quel que soit le problème auquel tu dois faire face, tu n'es pas seule, nous sommes deux. Ne laisse pas des vieilles histoires surannées te pourrir la vie et la santé. Allez, dis-moi tout, cela te soulagera conclut-il en lui tapotant les mains tendrement comme si elle était une malade récalcitrante qui refusait de prendre son médicament. »

Ces tapotements et ces encouragements produisirent une vive impression sur l'humeur de Berthe. Celle-ci rouvrit les yeux. Peu à peu, sa bouche s'agita. Sa pâleur spectrale, exorcisée par la voix et les gestes de son fils, quitta son visage.

« Cette vieille connaissance de ton père a quelques soucis avec la justice, reprit-elle sur un ton naturel. Il a été arrêté. Il est en prison, ânonna-t-elle, en économisant les mots pour éviter les erreurs et les faux-pas. Il m'a demandé de lui trouver un avocat qui organiserait sa défense, ajouta-elle d'un ton ferme et déterminé. »

Elle s'arrêta pour signaler à son fils, d'un regard appuyé, qu'il devait prendre la parole. Attendant encore, elle retira sa main de celle d'Arnold. Elle croisa les bras et remit ses paupières sur ses yeux.

Malgré les précautions que Berthe avait prises, il y avait quelque chose de flou et d'insaisissable dans ses explications. Un mystère très obscur paraissait hanter son discours sans jamais se dévoiler. Il en restait une ombre furtive, une silhouette indéfinissable qu'Arnold, en connaisseur de la chose humaine, n'avait pas manqué de percevoir sans comprendre pour autant les raisons de la présence de ce voile ombrageux.

«- Maman, l'interpella-t-il tendrement, peux-tu m'en dire davantage sur cette dette que nous lui devons ?

- Je le dois, soupira-t-elle à regret. Cette période de l'occupation de notre pays par des forces étrangères a été très dure psychologiquement pour moi. À tout moment, j'avais l'impression que l'on pouvait se faire arrêter dans une rafle sauvage au milieu de la rue.

- Mais, maman, à l'époque seuls les gens de la religion de Kate étaient raflés ?!

- Tu as raison dans les grandes lignes, mais les rafles pouvaient aussi toucher d'autres ethnies considérées comme indésirables. En fait, tu dois savoir que la religion de ta femme était ciblée car elle représentait le métissage et le cosmopolitisme que ces idéologues détestaient. Ils pensaient que les sang-mêlés abâtardissaient leur peuple. Il fallait donc supprimer les métis en priorité, avant les « races dites inférieures » qui, elles, devaient être asservies par « celle dite des seigneurs », dit-elle tristement.

- Je vois, fit simplement Arnold. Tu as constamment pensé pendant toutes ces années d'occupation que je pouvais être une victime de ces rafles. Aujourd'hui je comprends mieux ton mutisme concernant cette triste période, maman. Je suis désolé de t'avoir causé tant de soucis, lui dit-il en posant sa tête sur ses genoux comme il le faisait, enfant, lorsqu'il avait du chagrin.

- Heureusement, reprit-elle, en lui caressant ses cheveux, que la vieille connaissance de ton père nous a protégés contre les ennuis et les tracas de l'occupant.

- Tu veux dire, s'exclama-t-il en relevant la tête, que nous étions, pendant l'occupation, sous la protection de l'homme qui t'a appelée hier ? Nous lui devons peut-être la vie. C'est donc cela notre dette.

- C'est exactement ça, Arnold. Et comme je ne suis pas avocate, j'avais pensé que tu pourrais la régler pour ton père et pour moi…

- Quel est le nom de cet homme à qui nous devons tant ? De quoi est-il accusé au juste ?

- Il s'agit, hésita-t-elle, d'un homme accusé de crime contre l'humanité et de crime de guerre. Il possède un surnom peu flatteur : « le Rabatteur de Noyles ». Son nom est Karl Von Botchen.

Chapitre 3

L'aurore allait rosir le ciel de ses feux matinaux dans quelques heures. La cloche de l'église gothique comprimée, au coin de la rue, entre deux immeubles de facture moderne, sonnait ses quatre coups profonds, lugubres et tristes. La fenêtre ouverte laissait s'engouffrer une fraiche brise qui sifflait atrocement à travers les meubles en teck et les portes en chêne. Dans cette obscurité, où se déployaient de temps à autre les phares des rares voitures qui passaient dans la rue, on distinguait, à peine, une fresque peinte sur le plafond haut perché. Elle représentait la République chastement vêtue, parée de toutes ses vertus, offrant le savoir équitablement à des enfants de tous sexes et de tous phénotypes, habillés en costumes traditionnels. Les maitres du logis croyaient que les lumières du savoir dispensées à tous faisaient reculer l'obscurantisme et ruinaient la foi du fanatique.

Accoudée au rebord de la fenêtre, Kate observait, le visage inquiet, la masse sombre des édifices voisins au pied desquels scintillait un ruisseau de lumière alimenté par les lampadaires de la ville. L'éclairage de quelques logis insomniaques perçait, çà et là, les ténèbres. Une pleine lune était blanchie par un voile nuageux ondulant et frémissant sous la brise nocturne.

Engourdi de sommeil, son esprit fourmillait de questions. Son mari n'était pas encore rentré. Elle était restée éveillée jusqu'alors à l'attendre. Lorsqu'elle avait appelé, excédée, à vingt heures au cabinet d'Arnold, personne n'avait répondu. Après plusieurs tentatives infructueuses, son inquiétude s'était accentuée. Elle avait pensé, tout de suite, à l'accident de la route. Quand ses enfants lui avaient demandé où se trouvait leur père, elle s'était ressaisie. Prétextant qu'il était déjà tard, elle les avait envoyés au lit pour éluder leurs questions et se consacrer à la recherche de son époux.

Ce fut au moment où elle allait appeler chez sa belle-mère que le téléphone avait sonné. Arnold, laconique, lui avait simplement annoncé qu'il était chez sa mère et qu'il allait probablement rentrer tard. Sans lui laisser le temps de répondre, il avait ajouté, avant de raccrocher, qu'il n'y avait rien de grave. Dès lors, elle avait éteint la lumière. Elle s'était établie dans le séjour, accoudée à la fenêtre. Ses pensées ivres de crainte erraient, en titubant, de la colère à l'anxiété, passant d'un extrême à l'autre en chancelant d'amertume.

Elle avait scruté chaque véhicule qui s'était déplacé dans la rue au bas de son immeuble. Dès qu'elle avait vu s'illuminer un feu de stop, elle s'était penchée au-dehors, elle avait tendu son cou. Déçue, elle avait regagné sa position, guettant le prochain freinage. Peu à peu, le passage des voitures se fit plus rare. Lasse d'attendre, elle s'assoupissait, la tête s'inclinant sur le côté, jusqu'à buter contre l'encadrement de la fenêtre. Le coup lui faisait rouvrir les yeux ; alors elle se promettait d'être plus vigilante et reprenait sa surveillance jusqu'au choc suivant. Ce fut probablement entre deux phases de veille que la voiture de son mari était passée dans la rue au pied de son immeuble car, toujours concentrée sur son observation, elle fut surprise d'entendre la porte d'entrée s'ouvrir.

Arnold rentrait enfin. Il était exténué et brisé. Alors qu'il avait l'intention de progresser du vestibule au couloir dans la pénombre, la lumière du corridor s'alluma. Son vif éclat lui blessa la vue. Il plissa les yeux un court instant. Sa femme, le regard rougi, sa chevelure relevée en un chignon serré, se tenait sur le seuil du séjour, les poings sur les hanches, le visage pâle de colère et d'inquiétude.

« - Tu m'as attendu toute la nuit, dit-il inattentif, en plaçant sa veste sur un cintre qu'il suspendit à un crochet du porte-manteau.

- C'est tout ce que tu as à dire pour expliquer ton retard, s'écria Kate, outrée par l'attitude bien trop détachée de son conjoint.

- Tu devrais parler moins fort, les enfants dorment chuchota-t-il en posant son index sur la bouche. »

Excédée par l'attitude de son mari qu'elle jugeait désinvolte, elle l'agrippa par le bras et le traina, sans ménagement, jusqu'au séjour.

« - Ici on pourra parler tranquillement sans déranger

les enfants, fit-elle ironiquement remarquer en fermant la porte du salon. Si tu t'intéressais vraiment à eux, tu aurais prévenu que tu dinais chez ta mère ce soir, au lieu de nous en informer au dernier moment.

- Je n'ai pas diné chez ma mère Kate. Certes, un déjeuner à midi avait été fixé mais les choses ont duré plus longtemps que prévu.

- Tu es resté tout l'après-midi avec elle ?

- Eh oui ! Soupira-t-il. J'ai dû annuler tous mes rendez-vous au cabinet. A ce moment-là, j'ai également essayé de te joindre mais en vain.

- Quel est le problème de ta mère cette fois-ci ? Questionna-t-elle, l'air à la fois énervé et blasé. »

Kate était toujours agitée lorsqu'Arnold rendait visite à sa mère. Elle n'appréciait pas du tout la génitrice de son mari comme elle aimait à l'appeler dans l'intimité. Malgré le comportement poli de sa belle-mère, elle avait, depuis bien longtemps avant même ses fiançailles, décelé une froide distance. Celle-ci était accentuée par le vouvoiement que Berthe lui avait imposé alors que son beau-père, Aristide, le père d'Arnold, la tutoyait chaleureusement de son vivant.

Autrefois, au début de sa vie conjugale, Kate avait tenté de briser cette distante froideur. Affable et prévenante, elle lui avait demandé par quel nom elle devait l'appeler. Berthe avait répondu, sanglante et agressivement courtoise : « Kate, appelez-moi juste Madame. Cela convient parfaitement à la situation, avait-elle ajouté sur un ton sec, cassant et ironique. »

Depuis lors, Kate n'interpella plus sa belle-mère et réduisit ses contacts avec elle. Néanmoins, jusqu'au décès de son beau-père qu'elle avait aimé comme un second père, elle avait vu quotidiennement Berthe puisqu'elle déposait chaque matin très tôt, avant d'aller au travail, ses enfants chez ses beaux-parents. Chaque soir, elle les reprenait chez Blume, où elle rencontrait souvent son beau-père, seul, sans sa femme. A la suite de la mort d'Aristide, Berthe, feignant un surmenage et une grande fatigue, avait cessé de s'occuper de ses petits-enfants. A partir de là, les rencontres entre les deux femmes se firent rares. D'autant plus qu'Arnold, par un accord tacite avec son épouse, prit la décision de rencontrer sa mère, seul, deux fois par semaine, à l'heure du déjeuner.

« - Que lui arrive-t-il à ta mère ?, répéta Kate alors

que son mari promenait un regard embarrassé sur la bibliothèque du salon.

- Ma foi, finit-il par dire, comme à chaque fois qu'il voulait éluder une question, tu la connais ma mère. Depuis la disparition de mon père, il lui vient souvent des idées étranges et des lubies bizarres. Je dois juste les gérer. Après tout, c'est ma mère. Ne te fais pas de souci, Kate. Je suis simplement désolé de t'avoir inquiétée. Ce n'est pas raisonnable de rester toute la nuit debout à m'attendre, la gourmanda-t-il en la prenant tendrement dans ses bras. »

Epuisée de crainte, Kate se blottit dans les bras de son mari, où elle s'endormit, soulagée. Arnold, le visage à la fois attendri et anxieux, la porta jusqu'à son lit. Une fois qu'elle fut couchée et douillettement bordée, il observa ce visage paisible, respirer sereinement. Des larmes lourdes et épaisses troublaient le regard de l'avocat.

Une couche de nuages, floconneuse et poussiéreuse, rougissait la ville. Une neige précoce mélangée au sable rouge du désert déposait des flocons de pourpre sur les trottoirs, les toits des édifices et ceux des voitures. Le grand bâtiment du pénitencier aux tristes briques grises et crasseuses à l'ordinaire s'était égayé de poudre rouge illuminée par les lampadaires de la cour intérieure. Il arborait un air de fête. Il paraissait fardé pour un jour important, une visite mondaine pour un prisonnier VIP.

Quelques sportifs courageux, défiant le froid, s'affairaient à déneiger le terrain de basket-ball sous l'œil vigilent d'une poignée de gardes frissonnants de froid. Certains piétinaient nerveusement pour se réchauffer. D'autres gesticulaient en faisant les cent pas. Ils interpellaient les derniers arrivés, ceux qui venaient de prendre leur garde. Il fallait leur faire savoir les ultimes rumeurs qui secouaient la prison depuis le début de matinée.

« - Paul ! S'écria un homme à l'épaisse barbe noire et grise constellée de flocons rougeoyants. Tu l'as vu aujourd'hui notre très médiatique pensionnaire ?

- Non, répondit un jeune homme imberbe, emmitouflé dans un long manteau fourré. Avec ce froid de canard, le personnel manque. Ils m'ont demandé de me rendre tout de suite ici. Brrr, fit-il en remontant le col de son pardessus lorsqu'une rafale de vent fouetta son cou nu. »

Les autres gardes s'étaient subrepticement rapprochés pour prendre part à la conversation tandis que les prisonniers commençaient leur match de basket-ball.

«- Moi, je l'ai vu le VIP, s'exclama un homme trapu d'âge mur, à la calvitie protégée par un bonnet. D'habitude il est très élégant mais alors là aujourd'hui, il a mis les petits plats dans les grands. Son costume, fait sur mesure par un grand couturier, doit coûter le montant de mon salaire, fit-il avec un sourire qui ressemblait à un rictus de dépit.

- C'est sûr, reprit celui qui avait interpellé Paul. Apparemment, faire déporter les gens, ça rapporte une retraite confortable, ironisa-t-il amer. »

Un peu plus loin, à l'écart, un gardien d'une trentaine d'années s'oubliait, immobile, dans une contemplation rêveuse. La neige avait rougi son visage grave et dur, obscurci de douleur. Par une timide pudeur, ses yeux rouges et tristes paraissaient se camoufler dans cette nuée de flocons.

« David, lui cria Paul, tu devrais te bouger un petit peu plus sinon tu vas finir frigorifié. »

A son nom, l'expression du trentenaire se radoucit. Il se secoua pour se débarrasser de la neige. Il sautilla en se rapprochant de ses collègues. Il sortit totalement son visage de l'obscure amertume par un sourire affable et social qui fait la gloire des hommes en société.

«- Eh bien David, tu rêvassais, lui dit l'homme à la barbe.

- Julien, depuis quelques temps je passe des nuits courtes, lui répondit-il. Je suis juste un peu fatigué. Dites-moi, les gars, reprit-il d'un air détaché, le VIP, vous savez pourquoi il s'est mis sur son 31 ?

- Il semblerait qu'aujourd'hui il doit recevoir son avocat, s'écria un des joueurs de basket-ball qui récupérait la balle sortie de l'aire de jeu. Hier, je l'ai entendu le dire à son fils au téléphone, se justifia-t-il devant les faces incrédules des surveillants. Et ce n'est pas un avocat commis d'office. Il se vantait d'avoir trouvé un ténor de la profession !

- Quel avocat serait assez pervers et charognard pour défendre un tel homme ? Questionna férocement David. C'est probablement un de ces juristes du barreau qui ont soif de notoriété, dit-il en répondant lui-même à sa question. »

Les hommes acquiescèrent, sans un mot, à la remarque de leur collègue. Dans ce respectueux silence, chacun semblait se recueillir sur la mémoire des disparus, suppliciés dans les geôles de l'occupant ou déportés vers les camps à l'Est. Cette neige leur parut, tout à coup, teintée du rouge sang. Ce fut comme si le ciel s'était ensanglanté pour rendre hommage aux victimes.

Escorté par trois gardes armés, un vieil homme digne, ceint d'un costume confectionné par un grand couturier, avait été sorti de sa cellule. Il y vivait seul. Son réduit d'une dizaine de mètres carrés se composait d'un lit, d'une armoire, d'une table, d'une chaise et d'une bibliothèque garnie de livres d'Histoire et de droit international. Une minuscule pièce attenante, constituée d'un WC, d'un lavabo et d'une douche, lui servait de salle de bain. Une fine lucarne, épaisse comme une meurtrière, laissait passer une faible lumière blême et fatiguée.

Lorsqu'il s'était plaint des conditions intolérables de luminosité de sa cellule, en s'appuyant sur le droit des prisonniers de guerre régi par les traités internationaux, le directeur du pénitencier lui avait répliqué qu'il avait été incarcéré pour les charges de crime contre l'humanité et de crime de guerre. Il avait ajouté solennel :

« - Ici, vous n'êtes pas considéré comme un prisonnier de guerre qui aurait servi son pays, en suivant des objectifs purement militaires. Vous êtes plutôt accusé d'avoir commis des atrocités sur des civils, dans le but de satisfaire une idéologie perverse et raciste. Vos actions ont mécontenté, avait-il dit l'air dur et grave, beaucoup de personnes dans notre pays qui pourraient bien avoir envie de se venger. Donc pour votre propre sécurité et pour vous éviter les balles de snipers, une fenêtre étroite est parfaite.»

Cette altercation l'avait poussé à se plonger dans ses livres de droit relatifs aux accords internationaux sur les crimes de guerre. Il était encore penché sur l'un d'entre eux quand son escorte était venue le chercher. Ils passèrent par une série de contrôles, où le même protocole strict de sécurité était respecté. Après avoir vérifié les papiers présentés par ses gardiens, la porte était déverrouillée dans un remuement d'expressions hostiles et de regards inamicaux. Impassible, le vieil homme ne semblait pas remarquer cette agitation muette défavorable. On le voyait progresser lentement et élégamment, gagner les portes, franchir, indifférent, ces murs de silence.

On lui fit traverser la cour intérieure du pénitencier, où des prisonniers jouaient au basket-ball sous une neige étrangement écarlate. Le vieux détenu fit une pause. Il fixa étonné et heureux le sol rougeoyant de flocons. Ce fut la première émotion d'humanité qu'il manifestait depuis qu'il avait été emprisonné.

« Cette neige sablonneuse a fait fondre sa carapace d'indifférence, fit remarquer ironique Paul, l'un des gardiens qui surveillaient les basketteurs. »

Et sous cette averse neigeuse acharnée, il reprit sa marche avec cet air d'indifférence entêtée. Les hommes dans la cour exhalaient une buée d'effort de leurs bouches et de leurs cheveux. Ils se figèrent. Ils regardèrent ce vieil homme fier entrer dans la salle, où les prisonniers s'entretenaient avec leurs avocats. Les joueurs continuèrent leur match. La causerie des gardiens sembla un brouhaha morne et désolé.

Dès que le vieux détenu pénétra dans la pièce, le ressort de la courtoisie fit se déployer au-dessus de sa chaise un bel homme, d'âge mur, vêtu d'un complet gris anthracite. Il tenait entre les mains une mallette marron. Le silence pesant qui s'était installé entre les deux hommes fit tomber l'escorte du prisonnier qui alla l'attendre dans le couloir menant au parloir.

Le détenu laissa retomber sur ses lèvres un sourire bienveillant qui donna à son expression indifférente et froide quelques reflets sympathiques. La poignée de main qu'ils échangèrent fut brève et rude. Les égos de chacun et leurs méfiances avaient alourdi cet échange de salutation qui aurait dû être, par us et coutume, courtois.

« Mon nom est Arnold Fayat. Je suis avocat au barreau de cette ville, annonça le juriste sur le ton protocolaire et guindé que prenaient les agents administratifs pour rendre un rendez-vous sérieux, formel et cérémonieux. »

Le prisonnier frissonna en entendant le nom Fayat. Il y eut un air de nostalgie qui parut effleurer un bref instant l'expression indifférente de son visage. La voix de cet homme, son regard et son teint lui rappelaient une autre personne qu'il avait connue pendant sa jeunesse policière au sein du régime autoritaire de son pays natal.

Le marché noir qu'il avait mis en place avec Aristide Fayat l'avait enrichi, lui, le rejeton d'une noblesse militaire désargentée qui n'avait pu monter sur la locomotive de l'industrialisation. Au siècle du décollage industriel, sa famille était restée accrochée à sa charrue et à ses terres agricoles. Il avait toujours trouvé que l'obsession de son père pour le sol avait les accents de l'idolâtrie d'insensés. Lorsqu'il avait rejoint le parti et son service de sécurité, il avait été séduit par les discours de revanche à prendre contre les alliés. Mais devenir fonctionnaire l'écartait également définitivement des champs familiaux qu'il détestait tant.

Néanmoins, le réseau de ses proches dans le domaine de la distribution du blé lui fut utile quand il développa ses affaires avec Aristide. Celui-ci lui avait proposé, en pleine occupation, de vendre à prix très compétitif, la production agricole de la famille de Berthe. En servant d'intermédiaire dans la vente de ces céréales destinées au mess des officiers des unités d'élite du régime, les deux hommes avaient pu prospérer.

Il avait vécu jusqu'à son arrestation sur le socle et les fruits de cette fortune qu'il avait acquise pendant la guerre. Outre-mer, il avait habité une immense bâtisse, où s'alignaient, le long d'un profond couloir, deux douzaines de pièces. Il n'en avait occupé que quelques-unes quotidiennement. Les autres salles inusitées la plupart du temps n'étaient visitées que par ses enfants et ses domestiques.

C'était sa santé chancelante qui l'avait poussé à revenir dans ce pays. Le seul médecin qui pouvait le guérir de sa maladie grave y officiait. Pour sauver sa vie, il avait accepté le risque de l'arrestation et de la condamnation.

Se dressait alors devant lui, lové dans une dignité de juriste, grand, monumental et impressionnant, le fils de son ancien associé qu'il avait protégé pendant l'occupation. C'était une corvée répugnante qu'Arnold donnait l'impression d'exécuter.

« - Vous avez appelé Madame Berthe Fayat pour lui demander de vous trouver un avocat, reprit Arnold, la bouche sèche et le ton froid.

- Oui Maitre, fit-il humblement la voix chevrotante. Elle m'a été particulièrement recommandée par une ancienne connaissance, ne put-il s'empêcher de dire ironiquement.

- Une ancienne connaissance ? Répéta l'avocat étonné.

- Oui Maitre, un de mes amis qui la connaissait bien m'avait averti qu'en cas de pépin je pourrais compter sur son assistance.

- Bien dit-il simplement d'un air discret en feuilletant le volumineux dossier qui était posé en face de lui. »

La mine silencieuse, Arnold consultait les pages du document à la recherche d'un point précis qui le rendait soucieux, sous l'attention confuse du détenu qui se demandait si cet avocat serait à la hauteur de sa réputation.

« - Selon votre dossier, reprit-il sans lever les yeux de son livret, vous avez prétendu vous appeler Antonio Keller, n'est-ce-pas ?

- Oui Maitre. C'est bien le nom que j'ai déclaré à l'officier des douanes.

- Eh bien Monsieur Keller, rétorqua l'avocat en relevant la tête, je ne pourrais pas être votre défenseur car ma famille ne doit rien à la famille

Keller, dit-il simplement en refermant son dossier.

- Attendez, s'écria précipitamment le détenu lorsqu'Arnold s'était levé pour s'apprêter à sortir. »

Le vieil homme sourit, émerveillé par la chute agressive de son interlocuteur. Il s'assit et se renversa sur le dossier de sa chaise, les yeux mi-clos et les bras croisés. Il lui sembla que le rideau de la froide courtoisie était tombé. La neige écarlate ne se déposait plus sur le sol mais la lumière du soleil était toujours troublée par un voile floconneux. Le visage d'Arnold s'était tourné vers le prisonnier. Il l'observait en silence, le regard méprisant et le corps raide.

« - Très bien Maître, dit le vieil homme en rouvrant les yeux, vous avez gagné. Je vais jouer cartes sur table, dit-il l'éclat de ses yeux affûté comme celui d'un sabre. Depuis la fin de la guerre mon nom est Antonio Keller, mais mon nom de naissance est bien Karl Von Botchen, poursuivi dans votre pays pour crime de guerre et crime contre l'humanité. »

Chapitre 4

C'était une pièce spacieuse, éclairée par de grandes fenêtres qui donnaient sur le fleuve. Le mobilier moderne réparti en tables en verre, en guéridons en acier, en chaises en métal, tranchait avec le décor ancien du salon. Trois tapis jalonnaient le sol. Une vieille cheminée désuète était habillée de tentures aux teintes bordeaux. Aux quatre coins de la salle, quatre Atlas en marbre, tachetés de brun et grimaçants, ployaient chacun sous un globe de lumière en verre opaque, éclairant les recoins sombres de la pièce. Les murs peints en blanc portaient quelques portraits de famille contemporains et du siècle dernier. Selon les époques, les personnages peints étaient plus ou moins souriants ou sérieux.

De nombreux bancs en bois avec accoudoirs, alignés le long des cloisons et disposés dans toute la pièce les uns devant les autres, avaient été ajoutés récemment au mobilier. Des groupes de gens épars, discutant joyeusement, y étaient installés, de-ci de-là, selon les hasards des affinités et des liens amicaux. Ces joyeuses conversations qui émergeaient du salon, une fois amalgamées les unes aux autres en un brouhaha inintelligible, paraissaient constituer un bourdonnement morne, triste et nostalgique. Comme si toutes ces voix mises ensemble dévoilaient, sans artifice ni gêne, la nature profondément émouvante et tragique de cette réunion.

David se tenait debout, à l'écart, dans le seul carré de pénombre qui avait résisté à toute cette projection de lumière et de joie. Il était appuyé à une petite table, où des documents et des livres étaient répandus, pêle-mêle, en grand désordre. On devinait aisément que les domestiques avaient dû oublier, par mégarde ou délibérément omis, de remettre ce coin chaotique en ordre.

David croisa les bras et souffla bruyamment.

Sa figure exprimait une gêne vague et un profond regret. Il avait accepté d'accompagner sa mère à cette réunion pour l'épauler dans sa démarche et la soutenir moralement. Mais à ce moment-là, il se demandait s'il avait eu raison de venir. En fait, dès qu'elle était entrée dans la pièce, sa mère s'était éparpillée dans toutes les directions, saluant les uns, embrassant les autres. Elle semblait heureuse et à l'aise. Elle l'avait laissé dans cet angle abandonné de la pièce, seul, se sentant de trop dans cette réunion de vieilles connaissances et d'amis.

« - David ! L'appela sa mère alors qu'il se recroquevillait un peu plus dans son recoin. Où s'est-il caché encore cet enfant ? Grommela-t-elle en souriant à ses amis.

- Tu l'as laissé sans surveillance ton petit, répliqua une vieille femme élégante aux cheveux courts grisonnants. Estelle, tu es une mauvaise mère, plaisanta-t-elle.

- A trente ans, il est grand et adulte maintenant. Il peut cesser de jouer au timide qui s'efface dès qu'il y a trop de monde, fit remarquer Estelle avec une pointe d'agacement. »

Le petit groupe d'amis riait encore lorsque

David approcha.

« Ah te voilà enfin !, fit Estelle en voyant son fils. Tu es doué pour te cacher et te faire oublier. Mais bon, reprit-elle sur un ton attendri et mélancolique, si tu étais né pendant la guerre ce talent t'aurait été utile… conclut-elle. »

Les autres acquiescèrent en silence et baissèrent humblement la tête comme s'ils s'inclinaient, par respect, devant un souvenir douloureux que chacun d'entre eux se remémorait. Ce recueillement arracha quelques larmes amères.

« - Voilà mon grand fils, fit-elle un grain de tristesse glissant sur le timbre de sa voix et en essuyant ses yeux. David, ce sont les Weissmuller. Ils possédaient l'usine voisine de la nôtre avant-guerre. Ils arrivent des antipodes pour participer spécialement à cette réunion.

- Je ne voulais la manquer pour rien au monde ajouta Monsieur Weissmuller. Ruth ne me l'aurait jamais pardonné si j'avais refusé de venir, n'est-ce-pas chérie, fit-il en regardant la vieille femme élégante aux cheveux courts grisonnants. Ruth, que t'arrive-t-il ? Finit-il par dire en voyant son épouse devenir blême.

- Ce n'est rien, ne t'inquiète pas Adrien. C'est juste un peu de fatigue due au décalage horaire et au voyage. Reste ici avec Estelle et David, je vais aller boire un peu d'eau pour me requinquer. »

Elle s'écarta de son mari et de ses amis qui reprirent leur dialogue amical, rassurés. Sa démarche se ralentit et devint chancelante tant ce qu'elle voyait l'étonnait. Elle s'arrêta et s'assit sur un banc, le corps penché en avant, les avant-bras posés sur les cuisses pour mieux observer le personnage qui la surprenait.

Le regard de Madame Weissmuller était accroché à la figure d'une femme âgée aux yeux verts, appuyée sur le bras d'un grand jeune homme aux cheveux dorés frisés et au teint ambré. De son autre main, la digne dame triturait nerveusement un pendentif comme si son stress cherchait une échappatoire à un assaut d'émotions qui l'assaillaient. Elle paraissait se promener dans un lieu familier, entourée de connaissances et d'amis.

Au moment où Ruth la guettait depuis son banc, elle stationnait près de la cheminée, échangeant quelques mots avec un vieil homme vouté, se retenant à une canne au pommeau d'ivoire. Ils riaient tous les deux, nonchalamment, donnant l'impression d'entretenir une relation amicale depuis plusieurs années. Il y eut encore deux ou trois éclats de rire avant qu'ils ne se séparassent en s'étreignant tendrement. Et, tandis que l'observée glissait quelques mots dans l'oreille de son cavalier en étirant son cou, Ruth se leva et s'engagea d'un pas déterminé dans leur direction.

« Excusez-moi, les interrompit Madame Weissmuller. Vous êtes Blume Draskovic, n'est-ce-pas, ajouta-t-elle la voix tremblotante et fébrile. »

Son interlocutrice la dévisagea en silence. Une expression de doute et d'incrédulité erra sur le visage de Blume. L'éclat de son regard se para de celui de la surprise. Sa bouche s'ouvrit et se figea en un rond d'étonnement. Son teint devint pâle. Ses mains lâchèrent son Magen David.

« - Vous êtes Ruth Schwytz !?, lança-t-elle d'une voix joyeuse et hésitante.

- C'est bien moi, cria Ruth en piétinant d'allégresse. »

Ce cri suspendit les conversations des groupes voisins. Ils observèrent les deux femmes s'étreindre, en sanglotant de joie comme deux gamines fêtant des retrouvailles inespérées. Il semblait à Ruth qu'elle embrassait un souvenir, retrouvait une mémoire qui lui avait paru pourrir dans l'ombre de son passé obscur et affligé, laissé là comme une vieille défroque d'enfant qui ne servait plus.

Sans un bruit, ni une parole, Monsieur Weissmuller s'inséra dans cette étreinte. Son corps y glissa comme un coin dans une fente.

« Adrien, toi-aussi, tu es là, s'écria Blume d'une voix déchirante quand elle sentit le visage du nouveau venu se perdre dans son cou. »

Des sanglots, des murmures et des embrassades, exprimant leur attachement, circulaient dans cet étau de bras et de têtes entrelacés.

Ce fut finalement lorsque leur anneau d'affection s'ouvrit que l'on comprit le drame que ce cercle enserrait en son sein.

« - Blume, commença Adrien, en hésitant, j'ai vu ta maison encerclée par la police de l'occupant et sa milice d'auxiliaires. Je pensais que vous aviez tous été pris.

- Ce jour-là j'ai juste eu un peu de chance car je

n'étais pas à la maison. Je faisais les courses avec ma fille. Lorsque nous sommes rentrées, je les ai vus emmener toute ma famille. Nous nous sommes alors enfuies chez des amis, dit-elle en bafouillant sur le mot ami. Kate et moi sommes les seules survivantes. Nous avons vécu le reste de l'occupation cachées, ajouta-t-elle sans donner d'autres précisions. Et vous, comment vous vous en êtes sortis ? »

Une émotion vive souffla l'expression de gaieté du visage de Ruth. Adrien posa la main sur l'épaule de sa femme, la figure couverte d'une blanche tristesse.

« Heureusement, commença Monsieur Weissmuller que nous avons eu le temps de déposer nos deux enfants à l'orphelinat car, une semaine après, nous avons été arrêtés par Karl Von Botchen et déportés dans les camps, dit-il simplement les lèvres grimaçant un sourire navré. De retour de là-bas, chacun de son côté, nous nous sommes dirigés à l'orphelinat, où nous nous sommes retrouvés. C'était notre point de ralliement si nous nous perdions de vue. Après enquête, comme la plupart des membres de notre famille et de nos amis n'étaient pas revenus, nous avons quitté le pays avec nos enfants et migré aux antipodes pour se reconstruire loin de cette mémoire douloureuse. »

Ils s'enlacèrent à nouveau. Cette fois-ci, ce fut la tête de Blume qui se perdit dans le repli des vêtements de ses amis. Deux larmes silencieuses avaient glissé de ses yeux. Un silence tendu s'était déployé autour d'eux. Les visages des autres victimes les environnant étaient graves et absents comme si leurs esprits s'étaient coulés dans le flux de leurs propres passés. Les fantômes de la catastrophe semblaient défiler devant eux. Un voile de deuil blanchâtre paraissait s'être déposé sur leurs figures livides. Un sinistre sentiment de tristesse planait alors sur le salon.

Un coup de sonnette retentit. Un jeune homme aux cheveux noirs mi longs et au teint très pâle brandissait une petite cloche dorée à hauteur d'épaule. Son visage rond et délicatement féminin, sans barbe ni moustache, lui donnait des airs d'adolescent, mais d'une adolescence qui se serait abusivement étirée et aurait débordé sur une trentaine dynamique et raisonnable. David reconnut la petite table saturée de dossiers et de livres que le sonneur avait posée à côté de lui.

« S'il vous plait, asseyez-vous, annonça-t-il, nous

allons pouvoir commencer dans cinq minutes. »

Cette diversion avait brisé la triste ambiance larmoyante qui s'était établie. Blume reprit le bras de Joshua.

« - Blume, qui est ton cavalier ? C'est ton fils, n'est-ce-pas ? Lui demanda Ruth en s'asseyant à ses côtés.

- Oui répondit-elle avec un accent de franchise exagérément chaleureux.

- Tu t'es donc remariée ? Ajouta-t-elle sur un joyeux ton de gaieté.

- Je suis son fils adoptif, intervint le jeune homme. Mon nom est Joshua. »

Ruth observa le visage du cavalier avec attention. Contente de son examen, elle croisa les jambes et fixa la petite table au-dessus de laquelle était penché, debout, le jeune homme aux airs d'adolescent. Celui-ci feuilletait, en arquant des sourcils anxieux, un livre de droit international aux angles usés et aux feuilles fatiguées. Machinalement, il humectait le bout de son index de salive avant de tourner une page.

« As-tu des nouvelles du garçon du lycée avec qui on a fait les quatre cents coups ? Demanda Ruth avec un espiègle sourire entendu. Tu sais celui à la peau noire qui était si charmant, reprit-elle d'un air effronté devant le silence obstiné de son amie. Comment s'appelait-il encore ? Fit-elle en levant sa tête vers le plafond et en feignant de chercher le nom dans sa mémoire. Ah oui, ça y est, ça me revient. Son nom était Aristide Fayat, c'est bien ça, Blume ?, dit-elle en titillant les hanches de sa voisine joyeusement du coude. »

Le corps de Blume se souleva légèrement. Elle mordilla nerveusement ses lèvres. Elle assécha de quelques battements de cils les deux larmes qui prenaient leur source sous ses paupières.

« - Aristide est mort, annonça-t-elle sans tourner la tête vers Ruth.

- Pas pendant la guerre, s'étonna-t-elle en regardant Joshua.

- Non. Il est décédé, dit-elle tristement, il y a deux ans. Son cœur a lâché, précisa-t-elle en posant sa main sur le sien. »

La main de Ruth enveloppa celle de son amie qui s'était serrée en un poing de colère. Sa tête se posa sur l'épaule de Blume.

« Tu m'as manqué, murmura Madame Weissmuller, comme pour elle-même. »

Elle jeta ces quelques mots d'une voix câline qui semblait embarrassée par le décès d'Aristide Fayat.

Le jeune homme au centre de la pièce fit tinter de nouveau sa clochette. Peu à peu, dans le vague balancement du tintement, la foule s'apaisa. Un silence concentré s'installa. Il but une gorgée d'eau. Il s'éclaircit brièvement la gorge. Il releva la tête. Il fit face à son auditoire.

« Mesdames et Messieurs, d'abord merci d'être venus si nombreux », commença-t-il d'un timbre aigu qu'il forçait dans les graves, mais ses cordes vocales semblaient résister à ce ton trop sérieux et trop grave. Cette vie légère et facile à laquelle il était si habitué paraissait persister et revenir malgré lui dans cette voix fluette.

« Mon nom est Paul Rothsberg, continua-t-il. Je suis avocat. Je serai votre défenseur dans le procès Karl Von Botchen. Le juge d'instruction Pierre Fontaine lui a signifié hier les chefs d'accusation. Comme nous l'avons demandé à la cour, il a été mis en examen à la fois pour crime de guerre et crime contre l'humanité. Ce dernier chef d'accusation a été retenu en raison des arrestations raciales que cet individu a entreprises lorsqu'il était le chef de la police de Noyles. S'il est reconnu coupable, il risque la réclusion à perpétuité avec une période de sureté de vingt ans. Au vu de son âge, dans ce cas, il mourra probablement en prison. Nous demanderons donc la peine maximale au nom de toutes les victimes qu'il a envoyées à la mort.»

Et brusquement des applaudissements aux sons mornes et résignés s'élevèrent du public. Les mains battaient nerveusement les unes contre les autres sous des regards tristes et absents.

« - Qui est ce Paul Rothsberg ? Demanda Ruth en relevant la tête. Il parait déterminé pour avoir réussi à réunir tant de monde pour cette cause. Il a dû mener une sacrée enquête pour nous retrouver à l'autre bout du monde, dit-elle pensive et admirative que ce jeune homme se fût engagé dans une histoire qu'il n'avait pas vécue personnellement dans sa chair.

-Eh bien, il s'agit du fils d'un migrant de notre religion qui est arrivé de l'Est juste avant la guerre répondit Blume en se penchant vers l'oreille de son interlocutrice. Son père était un marchand d'art. Sa mère, quant à elle, convertie par mariage à notre religion, était écrivain. Elle était originaire de la même région que Karl Von Botchen. »

Les deux femmes glissèrent, en chuchotant, sur le penchant d'une conversation scabreuse, où les rumeurs les plus crues agitaient et salissaient la réputation de l'orateur. Des bruits circulaient sur la vie tapageuse du jeune homme, où les soirées orgiaques côtoyaient les scandales mondains. Il était question de conquêtes amoureuses. Certaines femmes mariées de la haute bourgeoisie auraient succombé aux charmes innocents de ce vieil adolescent. Celui-ci aimait, assurait-on, faire tomber, avec une joie désinvolte, les épouses les plus en vue ou les plus respectables. Il brisait, avait-on l'habitude de dire, les ménages avec élégance et abandonnait ses victimes en vaurien. Blume raconta que Monsieur Bollé, le directeur de la chambre de commerce, était arrivé chez Monsieur Rochosera, le préfet, un soir de diner, totalement éméché. Voyant Paul Rothsberg en conversation galante avec la femme d'un personnage haut placé absent, il s'était écrié, narquois et effronté :

« - Heureusement que vous n'êtes pas aussi assidu

auprès de ma femme !

- Jamais en votre présence, Monsieur, avez lâché simplement le jeune homme. »

Quelques jours plus tard, le scandale éclatait au grand jour. Madame Bollé reconnaissait une relation adultère avec Paul Rothsberg.

Tout en racontant ces anecdotes dans un chuchotement taquin, les deux femmes jetaient de temps en temps des regards malicieux au jeune avocat dont le discours semblait s'égarer dans la rigueur des mots du code pénal. Sa voix souriante s'embarrassait dans la froide rudesse des termes crus du droit national et international. Il acheva sa lecture des alinéas en jetant les dernières phrases d'un timbre las sur un auditoire moitié somnolent et moitié attentif.

« - Dites-donc Mesdames, ironisa Monsieur Weissmuller en regardant son épouse et Blume murmurant à voix basse, les yeux rieurs et moqueurs, les articles de justice n'ont pas l'air de vous intéresser. De quoi parlez-vous exactement ? De garçons ?! S'exclama-t-il lorsqu'il vit ses voisines rougir. A votre âge !

- Chut, un peu de silence Adrien, voyons, répliqua

Ruth sur un ton mi grave et mi amusé, les choses sérieuses vont commencer, ajouta-t-elle en s'agrippant affectueusement au bras de son mari gentiment outré par tant de perfidie joyeuse. »

Paul Rothsberg avait refermé ses volumineux livres et documents. Il avait relevé la tête. Il tenait dans la main une chemise en carton rouge qu'il tapotait de l'autre comme s'il rythmait son discours par ces tapotements :

« Dans cette pochette se trouve mon emploi du temps professionnel pour les prochains mois. Je dois rencontrer chaque plaignant personnellement afin d'organiser vos témoignages pendant le procès. Je vous prie de bien vouloir, fit-il en oscillant de haut en bas, en face de lui, ses deux bras en parallèle, former une queue à partir de cette table pour fixer ensemble, avec chacun d'entre vous, une date de rendez-vous qui vous convient. »

Une clameur heureuse et soulagée s'éleva de nouveau dans la salle. Les gens se levaient en riant et reprenaient leurs conversations amicales d'un air badin. Les petits groupes, qui jusque-là s'étaient éparpillés dans le salon, s'agglomérèrent, peu à peu, les uns aux autres. Ce flot s'organisait en une épaisse file indienne qui comblait les travées entre les bancs. Blume et ses voisins, encore assis, furent noyés par cette queue qui entoura ses anneaux autour d'eux. Leur petite troupe étouffait dans cet étau de corps qui semblait rouler doucement devant et derrière elle. Ils entendaient des débris de conversations, des éclats de sons qui s'éloignaient lentement, emportés par les ondulations de la foule.

En tête de queue, les visages se souriaient. Paul Rothsberg avait ouvert sa chemise en carton rouge. Allongées dessus se trouvaient des feuilles A4, quadrillées de jours en vertical et de périodes horaires en horizontal. Elles étaient unies par une agrafe. Les cases du tableau, totalement blanches jusque-là, s'emplissaient d'une fine écriture noire à mesure que la file indienne se réduisait. La queue, après s'être trainée dans les choix des premiers arrivés, se déroula plus rapidement quand les disponibilités de rendez-vous s'amoindrirent.

« Allons-y maman, la file est moins longue maintenant, fit remarquer Joshua alors que Blume se remémorait les anecdotes de sa jeunesse avec Ruth et Adrien. »

Emportée par les bras de son fils, Blume entrainait dans son sillage ses deux amis. Ils s'esclaffaient bruyamment, mais ils couvraient dans leurs mains leurs éclats de rire tapageurs. Ruth racontait le jour où Aristide avait demandé à sa petite amie, Blume, de lui couper les cheveux. Le jeune lycéen avait voulu économiser les sous du coiffeur pour emmener sa fiancée au cinéma. La fin de l'anecdote s'égara dans les rires étouffés des Weissmuller et les excuses marries de la mère de Joshua.

Lorsqu'ils arrivèrent devant le bureau de Paul Rothsberg, les feuillets étaient couverts de noms. Chaque plaignant y avait laissé le sien. Il ne restait plus que quelques cases blanches disposées dans des recoins peu commodes, comme autant de grains de poussière indésirables que l'on avait oubliés là. Blume inséra son nom dans un minuscule rectangle écrasé entre le nom d'un jour et celui d'une autre personne.

« - Si vous êtes très matinale Madame Dostoski-Draskovic et si cela est nécessaire, vous pourriez arriver une heure plus tôt à mon cabinet le jour de votre rendez-vous, lui fit remarquer Paul Rothsberg.

- Très bien, répondit-elle, si cela vous convient j'y serai une heure plus tôt.

- Maman !, intervint Joshua à voix basse, ce jour-là je serai en déplacement.

- Ne t'inquiète pas, je demanderai à Kate de m'accompagner, lui dit-elle en se blottissant contre le bras de son fils. Va, suis ta carrière. Les vieux ne doivent pas entraver la jeunesse, ajouta-t-elle d'un ton sentencieux.»

Paul Rothsberg rangea ses feuillets dans sa chemise en carton. De son air grave et respectable, il releva la mèche de cheveux noirs, légère et espiègle, qui frissonnait sur son front à chacun de ses mouvements. Malgré les efforts qu'il avait entrepris pour lisser et pacifier sa chevelure, la touffe de cheveux rebelle bâillait négligemment au-dessus de sa tête.

Il était fier de son travail. Les victimes et leurs descendants étaient réunis et unis dans son salon. C'étaient des hommes et des femmes de chaque génération qui faisaient de son séjour un arbre généalogique vivant. Une très vieille femme magnifique à l'allure robuste et rurale était tendrement conduite par une élégante jeune femme fine et légère à la tournure citadine. Un jeune homme ceint de l'uniforme d'une prestigieuse Grande Ecole donnait la main à un vieil homme au langage rugueux et au parlé teinté du patois d'un pays de l'Est. En dépit de la catastrophe qui avait frappé les anciens, la jeunesse semblait avancer, croitre et s'épanouir. Les stigmates que ces événements avaient laissés étaient encore vivaces dans la dernière génération, puisque ses membres étaient là présents pour soutenir le témoignage des leurs, au nom de tous ceux qu'ils n'avaient peut-être pas connus, brisés par une idéologie barbare et criminelle. Emu, Paul Rothsberg baissa la tête pour dissimuler une larme qui affleurait aux bords de ses yeux.

Les conversations joviales avaient repris. Comme par un réflexe grégaire, chacun avait regagné la place qu'il avait occupé pendant les explications de l'avocat.

« - Dis-donc, murmura Ruth les lèvres accrochées à l'oreille de Blume, tu as accolé ton nom de jeune fille à celui de ton défunt mari.

- Tu sais, fit-elle en acquiesçant de la tête, lorsque Joshua est arrivé, je lui ai fait porter mon nom de jeune fille. Donc pour des raisons scolaires, j'ai décidé officiellement de porter les deux noms de famille, celui de Kate Dostoski et celui de Joshua Draskovic.

- Le visage de notre avocat est bien blême tout d'un coup, fit remarquer Joshua tout en jetant sur Paul Rothsberg des regards attentifs et inquisiteurs.»

Brusquement, Blume et ses deux amis tournèrent leurs yeux vers le juriste. Des reflets pâles paraissaient se répandre sur sa figure. Cette pâleur avait l'air d'éviter consciencieusement son regard rougi.

« - S'il vous plait, s'écria-t-il d'une voix troublée d'émotion en accompagnant son intervention par des coups vigoureux de sonnette. Encore un instant d'attention avant d'ajourner notre réunion. Est-ce-que tout notre champ d'action est clair pour tout le monde ? Avez-vous d'autres questions ? Continua-t-il, en embrassant la salle de ses yeux émus.

- Que savons-nous de la stratégie de défense de Karl Von Botchen ? Demanda Joshua après s'être mis debout pour être aperçu de tous.

- Je n'en sais pas grand-chose, avoua Paul Rothsberg. L'accusé aurait, semble-t-il, refusé les services de l'avocat commis d'office.

- Il a l'intention de se défendre seul ? Reprit Joshua, étonné.

- Non, intervint un autre jeune homme d'une voix hésitante et trop forte.»

David avait jailli de son banc sous les yeux médusés de surprise de sa mère. De son visage crispé des gens timides, il défiait l'auditoire. Son regard dilaté de crainte lui donnait des airs de cassandre inspirée. Un silence nerveux emporta les conversations. Tous les regards s'étaient figés sur ce jeune homme debout dans un coin de la salle.

« Je suis David Sotto, je travaille comme surveillant à la prison où est incarcéré Karl Von Botchen, dit-il simplement d'une voix redevenue sereine. J'ai vu son avocat. C'est un ténor bien connu du barreau. Il s'agit d'Arnold Fayat. »

Tout-à-coup, le cri de détresse consterné d'une vieille femme déchira les cœurs de l'auditoire. Blume, agrippée au bras de son fils, s'était levée d'un bond, blanche et effrayante comme un spectre.

Chapitre 5

En fin d'après-midi, alitée dans sa chambre, veillée par Joshua, elle avait fait promettre à son fils de garder le secret sur le nom de l'avocat de Karl Von Botchen. C'était Arnold lui-même qui devait annoncer la nouvelle à sa femme, avait-elle déclaré, vindicative. Joshua s'était incliné en silence.

Depuis l'annonce de David Sotto, Joshua paraissait à Blume singulièrement calme. Il ne manifestait aucune émotion. Ses paupières étaient gonflées et son regard était absent comme parti. Son comportement n'était apparemment nullement affecté par cet événement inattendu. Il était demeuré fidèle à lui-même, calme et prévenant.

Il avait fait venir Golda chez sa mère. Et tous

les deux avaient passé la nuit dans la chambre voisine à celle de Blume.

Alors que sa femme dormait, la raie pâle et bleutée d'un reflet de lune serrée autour du cou, Joshua sortit silencieusement de la pièce. La maison semblait encore engourdie de sommeil. Il était quatre heures du matin. On était au-devant du jour. Il ouvrit les volets de la porte fenêtre avant d'aller s'installer en face, sur le canapé épousant le recoin du séjour. Il observait au loin, au-delà du jardin et de la plage, la mer scintillante de paillettes aux éclats de lune.

Devant les pieds de Joshua, stagnait une mare rectangulaire de lumière lunaire modelée par l'encadrement de la porte fenêtre. Il mâchouillait son amertume. Il croupissait dans ses idées noires, corrompues par un malaise qu'il essayait d'anesthésier dans une froide et calme réflexion. Néanmoins, il ressentait tout de même, malgré ses dénégations, la douloureuse morsure de la trahison.

Lové sur le canapé du salon arrosé d'un flot de lune aux rayonnements mornes et tristes, il admettait enfin, tristement, la vive émotion qui l'avait happé dès que David Sotto avait donné le nom de l'avocat de Karl Von Botchen. Arnold, son meilleur ami, son beau-frère, son frère en fin de compte, l'avait trahi. Il frappa, par dépit, de son poing serré l'assise du canapé. Il resserra les dents pour étouffer un cri rageur qui aurait pu réveiller la maisonnée.

Alors qu'il s'était mis debout, excédé, pour aller faire les cent pas, il fut arrêté par une photo ceinte d'un halo de lune. Encore petit, il était assis à califourchon sur la jambe droite de Kate et la gauche d'Arnold. Ils étaient tous les trois enlacés par le bras de Blume et par celui d'Aristide, debout, l'une à gauche de sa jolie fille et l'autre à droite de son grand fils. Joshua fit quelques pas vers cette image qui figurait pour lui celle de la famille parfaite dont les liens s'étaient définitivement forgés par le mariage de Kate et d'Arnold et par la naissance de leurs enfants.

Maintenant, il considérait tout cela avec indifférence et mépris. Cette photo, placée bien en vue dans le salon de sa mère, représentait alors à ses yeux le mensonge et l'hypocrisie. L'Arnold du cadre, souriant, lui semblait feindre la joie. « Peut-être déjà à cette époque, pensa-t-il, il devait être vénal. » Toute cette enfance qui lui avait paru heureuse et sur laquelle il s'attendrissait lorsqu'il y pensait pendant ses moments difficiles, lui apparaissait à cet instant comme une amère farce, un conte pour rendre la vie d'un enfant sans père officiel plus douce.

Le jeune homme avait précédé l'aurore aux innocents éclats rose. Il avait appuyé sa tête contre le chambranle de la porte fenêtre. Son regard s'était égaré sur l'horizon sombre de la mer.

A toutes ces choses-là, il ne devait plus y penser. Son enfance qu'il avait eue joyeuse appartenait au passé. Golda portait un enfant, leur enfant, rectifia-t-il dans son esprit. Sa rage s'attendrit ; sa colère se dilua dans cette pensée réconfortante. Il sourit tristement. C'était son futur enfant qui le réconfortait maintenant dans ses moments difficiles.

Brusquement une forte brise soufflant de l'océan s'était levée. Elle fit vibrer les vitres du salon. Ces rafales de vent semblèrent charrier l'aurore à leur suite. Une tendre couche rose se répandit doucement sur l'horizon.

« Tu n'arrives plus à trouver le sommeil, Joshua, l'interpella sa mère, l'index et le pouce de ses deux mains arc-boutés sur la table du salon. »

Blume portait une fine chemise de nuit de lin à la teinte écrue. Elle avait passé sur ses épaules un châle en laine retenu par une épingle.

« Tu es là depuis longtemps ? Fit-il sans se retourner. »

Son regard s'arc-boutait sur la ligne d'horizon, où l'étroite couche rose s'était épaissie en se soulevant légèrement. Sur le côté du jardin, clôturé d'un grillage encore sombre de la nuit calé sur un muret, les branches d'un cerisier se jouaient de ses feuilles au gré de la forte brise. Ce jeu décrochait les feuilles mortes de l'arbre qui, bercées par le vent, se dandinaient de droite à gauche dans une chute légère.

« Je suis là depuis suffisamment longtemps pour m'être aperçue que quelque chose te tracassait, répondit-elle en saisissant son fils par la taille. »

Les premiers pâles rayons du soleil jaunissaient timidement l'horizon. Le bleu du ciel faisait reculer la nuit étoilée. La lueur des étoiles paraissait s'éteindre, étouffée par la couche d'azur qui se répandait.

« Tu es encore secoué par les soubresauts de la nouvelle, n'est-ce-pas, mon chéri ?, reprit-elle à voix basse. Tu ne devrais pas le juger trop vite, fit-elle comme si elle répondait à une invective silencieuse de son fils contre Arnold. »

Elle sentit la taille de Joshua se contracter. Au travers de cette demi-obscurité, où la nuit finissante résistait encore aux prémices du jour, elle vit le visage de son fils se crisper et son regard se durcir.

« Ne garde pas cette colère en toi, Joshua, dit-elle d'une voix conciliante. Dis-moi ce que tu as sur le cœur. Vas-y, éclate, cela te fera du bien, ajouta-t-elle d'un ton adouci. »

Il demeura encore un moment immobile, en espérant que sa colère se dissiperait. Soudain, il sentit les ondes de nervosité envahir son corps. Les tremblements avaient commencé par ses lèvres puis s'étaient propagés à tout son être. Il frissonnait d'exaspération. Alors, d'un seul élan, il se dégagea de l'étreinte de sa mère.

« Maman, hurla-t-il à voix basse, en faisant le tour du salon d'un pas nerveux, comment peux-tu le défendre ? Toi qui as eu toute ta famille emportée par les actions de ce Karl Von Botchen. Arnold défend cet assassin pour deux raisons : L'argent et la célébrité. J'ai beau chercher, je n'en vois pas d'autres. J'ai cherché toute la nuit, maman. Je n'ai trouvé aucune excuse raisonnable et acceptable qui pût justifier sa décision. »

A l'Est de cette longue presqu'île au bout de laquelle se trouvait la maison familiale, la lumière du soleil flamboyait déjà au-dessus de la mer moirée de flaques de lumière jaune. La partie inférieure de l'astre glissait encore sous la ligne d'horizon. Un sourire désolé et navré traina sur les lèvres de Blume.

« - Lorsque tu t'es levé, Joshua, il faisait nuit noire, n'est-ce-pas ? Sans ton expérience de la vie et de la nature des astres, tu n'aurais jamais pu t'imaginer que la lumière du soleil pouvait paraître si vite et chasser l'obscurité. Vois-tu Joshua, dit-elle en se retournant vers son fils, lorsque tu regardes Arnold, tu vois la nuit noire et l'obscurité. Tu ne peux pas t'imaginer que la lumière va sortir de ses actions. Mon expérience de la vie et de la nature humaine me conduit à penser que les décisions de mon Beau Fils sont éclairées par la lumière de la raison. S'il agit ainsi il ne le fait ni pour l'argent ni pour la célébrité, tu peux me croire.

- Tu es bien trop optimiste, maman, répondit-il

apaisé par la métaphore de sa mère.

- Sans cet optimisme, mon chéri, je n'aurais jamais pu survivre, dit-elle en prenant son fils dans ses bras. Dès qu'il sera rentré de son voyage, j'irai rendre visite à Arnold à son cabinet, conclut-elle sereine et déterminée. »

Un brouillard nébuleux blanchissait l'autoroute par nappes vaporeuses. Les rayons d'un soleil pâle et flou semblaient se noyer dans cette nasse à la contexture laiteuse. Depuis qu'il roulait dans cette vallée fluviale, il alternait les freinages et les accélérations. Lorsque la route disparaissait derrière la nuée blanchâtre, il progressait lentement, il ne dépassait pas les 50 km/h. Aux aguets, il repérait les corps sombres dont les feux antibrouillards rougissaient, par petites pointes, cette masse blême. Il découvrait, une fois proche de l'objet rougeoyant, un poids-lourd, une voiture ou une camionnette.

Tant qu'il traversait un espace brumeux, il restait calé dans la roue du véhicule qui le précédait à une distance convenable. Par contre, dès que les volutes de brume s'espaçaient, libérant une bonne visibilité, il accélérait. Il doublait et abandonnait, sans regrets ni remords, l'automobile qui lui avait servi de poisson pilote pendant la traversée de ces ténèbres embrumées.

Et tout-à-coup, au sommet d'une côte, à travers les ultimes filaments blafards du brouillard, le soleil, éclatant, lumineux, et comme rescapé de la noyade, émergea de cet abîme vaporeux. Le ciel dégagé était d'un bleu limpide comme si la nappe de brume, de par son va-et-vient, l'avait nettoyé et lessivé de ses nuages.

Le beau temps ouvert et aéré, après ce déferlement de condensation flottante et oppressante, produisait une impression d'irréalité et d'euphorie que l'on éprouve au sortir d'une épreuve ; les choses les plus communes deviennent alors merveilleuses et étonnantes.

La réverbération des rayons de soleil sur les vitres de la voiture éleva la température de l'habitacle ce qui réduisit l'impulsion d'air chaud provenant de la ventilation. Celle-ci ronronna doucement comme réchauffée et apaisée par la douce chaleur.

Au sommet de cette colline, Arnold cherchait

au loin, à l'horizon, les premiers champs de blé qui délimitaient la région natale de sa mère. De cette autoroute le conduisant vers le village de ses aïeuls, il espérait déjà repérer les indices du passé, dissimulés dans les mensonges du présent.

En acceptant de défendre Karl Von Botchen, il avait accompli son devoir vis-à-vis de ses parents. Il avait, en quelque sorte, respecté les convenances morales envers sa famille. Pourtant, en tant qu'avocat, il avait senti quelque chose de flou, de pas très avouable, dans les explications maternelles destinées à le convaincre de défendre la cause du Rabatteur de Noyles. La vérité ou une partie, songeait-il, son oncle resté au village, pourrait la lui donner.

Quelques jours plus tôt, il avait informé Kate de son voyage. Son épouse, qui appréciait le frère de Berthe, lui avait aussitôt dit qu'elle allait préparer le nécessaire pour le week-end à la campagne en famille. Il avait dû prétexter une affaire familiale urgente qui ne pouvait pas attendre la fin de semaine pour la dissuader de l'accompagner. Elle l'avait considéré en silence de son regard bleu incrédule qu'il aimait tant. Elle avait juste lâché, sceptique : « Ah bon, très bien. » Ces quatre mots, anodins pour les autres, signifiaient dans le langage de leur couple : « Fais ce que tu veux, mais un jour ou l'autre tu devras m'en parler de tes problèmes familiaux. »

Cette phrase l'avait enchainé un peu plus à son secret. Il avait peur de lui annoncer la fatale catastrophe. Cette crainte accrochée à sa peau l'irritait. Il avait à plusieurs reprises essayé de lui en parler, mais le bonheur de sa Kate entourée de ses enfants, posé au milieu de son foyer, il n'avait pas osé l'effaroucher. Cette joie qu'ils avaient domestiquée ensemble, il l'épiait de plus en plus souvent, à la dérobée, attendri par son altruisme maternel et ses coups de bec réprimandant un petit récalcitrant. Les phrases et les actes, même les plus anodins, des membres de sa maisonnée le faisaient vibrer d'une allégresse nostalgique comme s'il observait déjà des événements du passé appartenant à un beau songe révolu.

Au fil des jours, il était rentré plus tôt à la maison. Il quittait son cabinet dans la précipitation pour aller plonger dans le bain familial apaisant. Il buvait chaque instant avec extase. Il n'était jamais rassasié. Il s'enivrait de cette joie du foyer. Il ne pouvait plus s'en passer. Il était accro. C'était un ivrogne du bonheur, comme il aimait à se nommer lui-même. « Le sevrage n'en sera que plus difficile » songeait-il tristement.

Son épouse railla son changement de comportement. Elle en plaisantait aisément. Il avait accepté ses railleries comme autant de petits rayons de soleil paisibles qui précédaient l'orage.

Dès qu'il pensa à la tempête qu'allait occasionner la nouvelle dans sa famille, ses mains se crispèrent sur son volant. Son regard se fatiguait sur cette autoroute monotone. Il voyait passer toujours ces mêmes voitures de sport aux coupés aérodynamiques qui s'évadaient au loin dans un excès de vitesse. Il laissait souvent derrière lui de longs convois de camions, trop serrés, aux allures pesantes. Il se greffa entre deux d'entre eux et sortit au branchement routier suivant.

Après avoir payé l'autoroute à l'automate, il s'engagea sur une fine route départementale resserrée entre deux allées de platanes, aux bois dépouillés. Entre les arbres, défilaient des pâturages aux herbes chétives et des champs nus aux mottes de terre marron et grossières. Parfois, quelques maisons de village adossées à la voie, interrompaient les rangées de troncs et de branches.

Arnold tourna dans une petite allée blottie dans un renfoncement de la chaussée. Elle le conduisit en passant sur le dos d'une colline jusqu'à une ferme spacieuse fortifiée par une muraille de bosquet à feuilles persistantes. Lorsqu'il sortit de sa voiture pour aller sonner, la fraicheur de cette journée d'automne le fit frémir de son air humide et glacé. Les feux du soleil, qui réchauffaient si bien l'habitacle, paraissaient gourds et sans force, dehors, presqu'éteints dans cette fraîche humidité.

Dès que le portail s'ouvrit, un chien aux yeux doux et aux poils courts et ébouriffés sautilla entre les jambes d'Arnold.

« Allez viens Djek, monte avec moi dans la voiture, lui dit-il après lui avoir caressé le haut de la tête. »

Le berger-allemand se serra sur la banquette arrière, entre les sièges pour enfant. Il aboyait heureux de sentir l'odeur chaude de ses camarades de jeux.

« Ne t'excite pas trop Djek, répondit Arnold en comprenant la joie de l'animal, ton petit copain et tes petites copines sont restés à la maison. Je ne les ai pas emmenés avec moi. »

Il roula sur une herbe aux brins drus creusée d'enfonçures faites par les roues des machines agricoles. Il gara sa voiture dans un coin semé de gravillons et appuyé au dos d'une grange.

Djek descendit de l'auto à sa suite, la queue et la tête basses. Le chien se coucha à quelques pas de là, au pied d'un homme aux cheveux noirs blanchis de touffes grises éparses. Les traits de son visage et de son sourire s'égaraient dans un dédale de rides qui labourait profondément son épiderme. Ses yeux bleus et pâles paraissaient travaillés par un sentiment de joie et d'étonnement. Son corps charpenté par le rude labeur agricole était en bleu de travail. C'était une salopette faite d'un grossier coton qui retenait les taches mais qui résistait à l'usure et aux frottements. Le vêtement était donc flétri de souillures sombres.

Les deux hommes s'étreignirent en silence.

« - Tu es donc venu tout seul, Arnold, lui dit-il simplement de sa voix profonde sillonnée de tendresse dure.

- Tonton Gaston, je dois te parler d'une affaire familiale liée à notre passé. J'aurai besoin de quelques précisions concernant des événements qui se sont déroulés pendant la guerre.

- Allez, tu m'en parleras plus tard. Viens, on va déjeuner. Ce n'est pas tous les jours que je dine en famille les jours de semaine, fit-il en souriant, son regard inquiet butant sur le nez frémissant de son neveu. »

Ils déjeunèrent dans le salon autour d'une table centenaire faite dans un bois de chêne millénaire. Dans ce petit séjour, se retrouvait, rassemblé, empilé de-ci de-là selon l'humeur du maitre du logis d'alors, le mobilier acquis par plusieurs générations. Une vieille écuelle en bois élimée, clouée au mur, datant de la période royale, côtoyait une desserte coloniale en bois d'ébène. Les photos de Gaston et de sa défunte femme entourés de leurs deux enfants et celles de ses quatre petits-enfants entaillaient les étagères d'une bibliothèque d'empire liserée d'aigles triomphants.

C'était un canapé de facture contemporaine revêtu d'un tissu jaune décoré de motifs géométriques qui coudoyait un sofa aux accoudoirs dorés et usés, vêtu d'un vieux tissu en soie.

Ils mangeaient dans un service en porcelaine à fleurs sur lequel étaient encore gravées, en lettres d'or, les initiales de la compagnie des indes orientales. Les couverts à l'allure dynamique et trop moderne encadrant les assiettes avaient quelque chose d'anachronique et de singulier qui fit sourire Arnold.

«- Les couteaux, fourchettes et cuillères sont des cadeaux de mes petits-enfants pour mon anniversaire. Je sais que le contraste avec les assiettes venant de tes arrière-grands-parents est un peu osé mais quand on aime, on expose, Monsieur l'avocat. Au moins, mon service de table t'aura arraché un léger rire, fit-il remarquer en finissant le lapin à la moutarde.

- Vu comme tu es perspicace tonton, tu aurais dû choisir un emploi en contact avec le public.

- Tu sais Arnold, vendre du blé aux gros groupes d'aujourd'hui requiert tout mon sens de l'analyse et de l'observation. Ce sont des gens particulièrement âpres aux gains, surtout depuis que la Grande Distribution, leur client final, leur fait rendre gorge sur leur marge. Mon voisin, Pascal Levasseur, tu sais le père de Corinne, pour lui qui est éleveur, les négociations sont encore plus dures. Sa marge est menue. Malgré sa grosse exploitation de bovins, sa vie financière est devenue plus difficile. Finalement tu as bien fait de ne pas te marier avec sa fille, mon cher neveu, ironisa Gaston, sur le ton cru que prennent les familiers entre eux dans l'intimité. »

Le sourire d'un souvenir effleura les lèvres d'Arnold. Il revoyait une fillette de dix ans, aux longs cheveux noirs bouclés et au profond regard marron étonné qui tombait sur lui d'un air désorienté. La poussée de ses dents de devant était entravée par un appareil dentaire qui posait sur son rire des éclats métalliques innocents. Jusqu'à son mariage, dès qu'il venait chez son oncle en vacances ou en week-end, elle l'enfermait dans une ingénue affection faite de taquineries et de candides jeux. Quand il partait en ville le soir avec ses cousins pour boire leur jeunesse dans les bars, elle l'accueillait le lendemain avec des reproches de jeune fille, les joues écarlates, ce qui le faisait rire, d'un rire gras de grand frère.

« - Tonton, reprit-il sur le ton sérieux de l'adulte qui juge les événements de sa jeunesse, à l'époque quand elle voulait se marier avec moi, elle n'avait que dix ans et moi dix de plus.

- Quand tu t'es marié, répondit Gaston en sirotant son digestif, elle en avait seize. Elle a été inconsolable pendant plusieurs mois. Jusqu'à ce qu'elle parte à l'université, à chaque fois que tu es venu ici, d'après son père, elle t'a observé de loin.

- Que fait-elle maintenant ?

- Elle est directrice de cabinet de la sous-préfète. Et elle est encore célibataire, ajouta l'oncle sur un ton sibyllin. Un premier amour, Arnold, c'est sacré. Tu pourrais profiter de ton voyage en célibataire pour lui rendre visite.

- Tonton, voyons, rétorqua-t-il outré, je suis marié et j'ai des enfants. Cela ne m'intéresse pas.

- Tu es puritain comme ta mère.

- Et mon père, rectifia Arnold. »

Le silence singulier de l'oncle donnait l'impression de répondre à la remarque de son neveu. Ce silence se tut dans un cliquetis de couverts et de vaisselle. Les deux hommes débarrassaient la table.

« Allons visiter les champs, fit Gaston, l'air sérieux et le nez frémissant. Nous y serons mieux pour parler. Le grand air rafraîchit l'esprit et aère les idées, ajouta-t-il tandis que Djek sollicitait leur attention par des bonds et des jappements. »

Les deux hommes marchèrent ensemble en ruminant en secret les idées noires qui assombrissaient leurs visages et qui faisaient frissonner leurs narines. Ils évoluèrent jusqu'à la grange le long d'un sillon accidenté, empreinte laissée par la roue d'un tracteur.

Djek les vit entrer dans la remise des machines agricoles et les délaissa, la truffe humant le sol. Il débusqua, dissimulé dans les bosquets aux branches inextricables, un lapin qui détala, poursuivi par un Djek alerte et appliqué. Leurs silhouettes au loin s'estompèrent sous un noir glacis de branchages déposant son ombre sur le creux d'un champ.

Gaston et Arnold se hissèrent sur le tracteur. L'oncle se mit au volant tandis que le neveu, le buste en avant et les jambes écartées, considérait avec des yeux d'enfant la mécanique robuste de l'engin agricole et les manœuvres de son parent. Le regard envieux et amateur de son passager égaya le conducteur.

« Tu veux te mettre au volant, lui demanda Gaston, en lui jetant des œillades amusées du coin de l'œil. »

Arnold hésita. Il jaugeait le visage espiègle de son oncle.

« Prends le volant tu en meurs d'envie, reprit-il en arrêtant le tracteur. Je n'étais pas aveugle, tu sais. Le tracteur, tu sais le conduire. Pierre t'a montré comment faire, n'est-ce-pas ? Nenni, cesse de nier, ajouta-t-il sur un ton paternel et joueur alors que son neveu faisait des signes négatifs de la tête, ton cousin a déjà tout avoué il y a bien longtemps. Vous avez pu continuer votre petit manège parce que je lui avais donné mon accord. Maitre, dit-il sur un air pédant, vous devriez être moins naïf. Observe ton enfance avec ton regard d'adulte, lui conseilla-t-il sur un ton plus sérieux. »

Au volant du tracteur, Arnold s'engagea sur le flanc d'une colline minée de mottes de terre amassées par les taupes. Les corps des deux hommes accusaient rudement le roulis du véhicule qui tanguait entre les creux et les reliefs du terrain.

« C'est agréable, n'est-ce-pas ? L'interrogea son oncle, les yeux brillants d'intelligence.»

Le conducteur hocha simplement la tête. Ils étaient sur la crête de la colline. Les champs et les pâturages tapissaient la campagne de vert morne et de marron triste. Des haies végétales et des sous-bois aux branches décharnées et squelettiques fendaient les parcelles et désolaient le paysage. La douce mélancolie du repos de la terre s'était unie à ce paysage d'automne.

« Tu vois Arnold toute l'étendue qui est devant nous, annonça Gaston, solennel, le regard voilé d'une fière émotion, nos ancêtres l'ont achetée au temps de la Révolution pendant la nationalisation des biens du clergé. Ces terres appartenaient à l'abbaye de Xauve. Un an avant les premiers événements qui vont conduire à la chute de la monarchie, notre parent, qui était un cerf, a été élargi par décret royal. J'ai retrouvé l'acte d'affranchissement dans les archives de l'ancien comté. A l'époque, il possédait comme bien propre une paire de sabots, probablement usée et une écuelle qui se trouve maintenant dans le séjour. Son maître le Comte lui a fait cadeau de quelques vêtements. »

Gaston retint avec effort deux rugueuses larmes qui crevassaient ses yeux. A cet instant, Djek apparut, un lapin débordant de sa gueule. Le corps de la proie pendait en oscillant frénétiquement. Le chien entra dans l'habitacle du tracteur. Il se rangea au pied de son maitre, en gémissant doucement.

«- Il n'avait pas de nom famille, reprit-il, en évaluant le poids du gibier que lui avait apporté son animal domestique. Son prénom était Jacques, sourit-il amèrement. C'était par ce nom qu'on appelait tous les paysans à l'époque. Par la suite, il va faire fortune en spéculant sur les grains. Il a profité de la pénurie de blé générée par les guerres révolutionnaires. Dans les temps troublés, notre famille a toujours agi ainsi Arnold.

- Ma mère t'a appelé, n'est-ce-pas ? Rétorqua vivement Arnold. Que s'est-il passé pendant la guerre ? Demanda-t-il, en arquant des sourcils soucieux autour d'un regard sourcilleux. »

Il avait arrêté le moteur du tracteur. Djek avait relevé son museau. L'engin agricole était appuyé au versant d'une colline obscurcie d'une terre noire et grasse. Le pied de ce morne était baigné par un ruisseau à faible courant et aux eaux troublées de débris terreux et de restes de feuillages. Un résidu de vie estivale grouillait sous cette couche de feuilles mortes jaunies et hachées. Une poignée d'oiseaux excités labouraient avec leurs becs ce champ de nutriments.

« Arnold, reprit Gaston en observant les merles et les corbeaux travailler cette croute végétale, ici, nous sommes sur nos meilleures parcelles. Nous en tirons un très bon rendement à l'hectare. C'est le seul endroit de notre domaine, où les oiseaux peuvent encore trouver facilement leur pitance en cette saison. La fertilité de cette terre charruée par nos ancêtres depuis des générations, tout le monde en profite, les hommes et les animaux. Les actes des uns peuvent être parfois bénéfiques aux autres, dit-il en évitant l'œil vindicatif de son neveu. »

Au loin, la succession de champs aux sols noirs paraissait buter et se tasser, sur la ligne d'horizon, en une forêt brune et noirâtre.

« - Actuellement, je vais bien, poursuivit-il, mais dans un futur proche, ma santé va être vacillante. Quelqu'un devra reprendre l'exploitation agricole familiale. Parmi Pierre, Sylvie et toi, tu es, selon moi, le plus apte à gérer le patrimoine de notre famille.

- Mais, répondit Arnold, surpris et décontenancé, j'ai mon cabinet en ville, ma vie et ma famille. Ce que tu me demandes me parait difficile, tonton, ajouta-t-il touché par la confiance de son oncle.

- Tu n'es pas obligé de prendre ta décision tout de

suite. Je ne suis pas encore mort, s'amusa-t-il. Ta connaissance du droit sera utile dans nos transactions avec nos gros clients. Tu pourrais être un bon conseiller juridique auprès de la profession. Grâce à tes conseils, tu obtiendras leur confiance qui est très utile, tu sais, pour une carrière politique, conclut-il sur un ton prophétique.

- Je devrais en parler à Kate, mais pour le moment, les choses ne sont pas si simples.

- Prends ton temps. Ta formation agricole ne prendra que quelques saisons. Je veux te former moi-même, assura Gaston fermement.

- Laisse-moi finir l'affaire que je viens de prendre en main parce que j'ai besoin de sérénité pour faire mon choix. »

Gaston acquiesça d'un hochement de tête, en accompagnant son mouvement d'un claquement de langue. Tout-à-coup, il se sentait plus léger, comme si, malgré les louvoiements de son neveu, il avait déjà déposé le poids du patrimoine ancestral sur d'autres épaules.

Il le connaissait bien son neveu, il l'avait vu naître. Sa femme avait été sa marraine. Il était donc son parrain par alliance. Peu religieux, par tradition familiale, il détestait se rappeler de ce détail. Il l'avait observé grandir, parler et penser. Il le savait plein de ressources et débrouillard comme son père. Arnold avait le sens du devoir familial. Gaston et Aristide avaient entretenu et poussé cette tendance chez lui. Ils l'avaient comblé d'anecdotes ancestrales et de souvenirs anciens sur leurs familles respectives. Ils avaient inséré la vie d'Arnold dans la continuation de celle de ses aïeuls.

La référence à l'ancêtre maternel cerf auquel Gaston faisait allusion pour la première fois devant Arnold devait s'unir au passé de servitude, dans les colonies, de ses ascendants paternels. Il avait gardé cette information pour le moment précis où il allait lui demander de reprendre le domaine agricole. Il se l'attachait à ses vœux par un sentiment parallèle de reconnaissance pour ceux qui avaient résisté au servage ici et à l'asservissement là-bas.

« - Tonton Gaston, s'il te plait, pourrais-tu me dire ce que tu sais sur les activités de mes parents pendant la guerre ? Lui demanda-t-il d'une voix troublée d'émotion.

- Quand tu as une idée dans la tête, elle n'est pas dans tes pieds, plaisanta-t-il gentiment. »

Alors qu'un vent frais se levait, le pâle soleil d'automne se recouvrit d'un épais voile de nuages moutonnants. Les deux hommes réajustèrent le col de leurs manteaux autour de leurs cous. Ils mirent leurs mains dans leurs poches et se recroquevillèrent légèrement, le dos rond. Djek, à leurs pieds, s'enroula étroitement sur lui-même. Une forte odeur de pluie vagabondait dans la campagne, ballottée par de bruyantes rafales. Le sifflement aigu du vent semblait ajouter sa touche lugubre et spectrale à ce paysage mélancolique.

« Ecoute Arnold, commença Gaston, sur un ton froid, les yeux sans expression. »

Il donnait l'impression d'être habité par de mornes souvenirs.

«- Après la débâcle, ton père qui travaillait à l'arrière a été démobilisé.

- Dans quelle unité avait-il été mobilisé ? L'interrompit son neveu, le regard éperdu de curiosité.

- Arnold ! S'agaça son oncle, remuer ces vieilles histoires et secouer la mémoire des morts, ce ne sont pas des choses qui me plaisent, alors s'il te plait, écoute en silence. »

Vexé et penaud, Arnold baissa la tête. Le ciel saupoudrait sur les champs de fines miettes de pluie. Cette bruine s'émiettait doucement, mouchetant la campagne de minuscules billes d'eau.

« - Ton père, reprit-il le ton radouci, était traducteur pour des services dont je ne connais pas le nom. Il ne m'en a jamais parlé, ajouta-t-il avec une expression féroce. A l'époque de l'occupation, mon père, donc ton grand-père, n'oubliait-il jamais de faire remarquer à son neveu en insistant sur la position que celui-ci occupait dans la lignée, était le maitre ici. Papa, dit-il d'une voix déchirée par la pesante absence des siens, était inquiet pour ses grains. L'occupant avait promis des confiscations et des spoliations à très vils prix, quand vous étiez payé. Peu de temps après, Aristide lui a apporté la solution. Il suffisait de lui vendre notre production à un prix raisonnable et ton père s'arrangeait pour l'écouler.

- Sur le marché noir, intervint Arnold.

- Je t'ai dit pas de questions Arnold.

- Ce n'est pas une question tonton Gaston, dit-il d'une voix ingénue, c'est une affirmation.

- Je ne crois pas qu'il ait vendu notre blé sur le marché noir, Maitre. Je pense, hésita-t-il, qu'il avait un contact fiable et bien placé chez l'occupant.

- Karl Von Botchen, ça te dit quelque chose ? »

Le nez de Gaston frémit légèrement à l'évocation de ce patronyme, comme si le vol d'un fantôme, revenant de ses souvenirs inhumés dans les oubliettes du temps, avait effleuré son esprit. Ce nom évoquait pour lui la peur, la crainte et l'effroi. Il psalmodia quelques jurons en patois comme pour invoquer la protection de ses ancêtres. Ses lèvres encore tremblotantes, il répondit :

« Ça ne me dit rien qui vaille la peine d'être rappelé. »

Arnold n'insista pas. Comme avocat il savait que les lacunes de la mémoire, ces places vides du souvenir, cachaient souvent des événements qu'il ne convenait pas de cultiver. Bien qu'oubliées, les ombres noires et obscures de ces épreuves hantaient toujours les pensées, tapies dans un coin. Sporadiquement, elles créaient le malaise par leurs apparitions impromptues.

Après un déjeuner matinal, sur le seuil de la porte, Arnold avait été bousculé par une chaude et rigoureuse étreinte. Les bras fermes de son oncle l'avaient enfermé dans un chaleureux étau. Le corps immobilisé, les membres comprimés, le neveu n'avait pu que tapoter chaleureusement les côtes de son parent pendant l'embrassade du départ.

« Salue ta mère de ma part, avait-il marmonné simplement en interrompant sèchement l'accolade. »

Arnold eut à peine le temps d'apercevoir le visage soucieux et triste de Gaston avant que celui-ci, l'esprit borné de travail, ne regagnât sa ferme, d'un pas décidé et volontaire. L'avocat se laissa choir au fond du siège de sa voiture, le regard perplexe. Alors qu'il dépassait la muraille de bosquets qui entourait la maison familiale, un jet de douces larmes caressa ses joues.

Il roulait sur une route prise dans le pli de deux collines. De temps en temps, des roches ayant glissé des coteaux pendant la pluie nocturne trainaient sur la chaussée. Il semblait que les mornes, malgré l'entretien du chemin par les hommes, s'efforçaient, depuis des siècles, par ces éboulements, à combler le vallon qui les séparait.

Lorsque les débris couvraient toute la largeur de la route, les pneus de l'automobile les écrasaient d'un bruit sec.

Le sentiment d'enfermement et d'obscurité d'Arnold coincé entre deux collines était augmenté par le ciel gris et bas. Des arbres penchés au-dessus de la chaussée, étendaient leurs sombres branches nues, molles et lascives sur le chemin. Il se sentait perdu, prisonnier dans un passé familial qu'il ne maitrisait pas encore. On lui cachait trop de choses. Il s'imaginait avec angoisse des cruautés ou des trahisons dissimulées dans le noir passé de ses parents. Ses certitudes chancelaient. Il avait tant admiré son père. Maintenant cette admiration partait en lambeaux, déchirée par le doute, les non-dits et la honte. Allait-il pouvoir, de ces haillons honteux une fois déterrés, se reconstruire ? Retrouver cette estime de soi qui se mariait si bien chez lui avec l'estime des siens ?

Du fond du vallon, Arnold gravit la croupe d'une des deux collines. Il rebondit le long de sa crête jusqu'à une route de plaine qui frôlait le pied du morne. La voiture roula à vive allure sur ce terrain plat et dégagé. Sur les prairies aux alentours, plantées de bovins, florissait une brume blême et stagnante.

En dépit de la circulation facile et éparse, Arnold dut ralentir en périphérie de ville. Un panneau à l'entrée l'avertissant de la présence de radar en zone urbaine, le conducteur progressa à 50 km/h.

C'était l'heure de la rentrée des classes. Des enfants autonomes courraient dangereusement sur des trottoirs trop étroits. Ils bousculaient en riant les plus jeunes accrochés à la main d'un parent. Des mamans discutaient au coin des rues en surveillant distraitement du coin de l'œil leurs progénitures qui s'aventuraient seules vers le portail de la maternelle. Des retraités, vêtus d'un gilet jaune réfléchissant, montés sur un ralentisseur, régulaient, devant les écoles, la traversée des écoliers. Parfois, on les voyait sermonner un automobiliste trop nerveux ou un cycliste désobéissant.

A mesure qu'il s'enfonçait dans la ville, les avenues et les trottoirs s'élargissaient. L'encombrement des rues ralentissait la circulation. Le va-et-vient de la population piétonne sur la chaussée se densifiait. Au signal des feux de signalisation, des colonnes d'employés et de salariés pressés s'agglutinaient, en rang serré, sur les passages cloutés. La voiture d'Arnold se mit à rouler au pas jusqu'à l'entrée du parking de la sous-préfecture.

L'espace regorgeait déjà d'automobiles. L'avocat gara la sienne dans le coin le plus éloigné de l'édifice administratif.

La sous-préfecture avait emménagé depuis peu dans ce bâtiment aux murs blancs et aux larges fenêtres. Elle avait quitté l'antique château comtal, gris, sombre, froid et austère pour ce nouvel édifice, lumineux, chaud et accueillant. L'architecte avait aéré les pièces, inséré des jardins intérieurs entre les salles. La vie, disait-il, devait adoucir la dure machine administrative. La présence de ces oasis de verdure au milieu de cette paperasse artificielle, prétendait-il d'une voix exaltée, devait remettre un peu d'humanité dans le système.

Arnold s'approcha d'un comptoir blanc derrière lequel gesticulait une queue de cheval brune et fougueuse. Celle-ci sautillait et virevoltait, par saccades, en frétillant vigoureusement. Tout-à-coup, elle s'arrêta. Elle se cabra en arrière pour exposer un jeune visage alerte, dynamique et avenant. Celui-ci souriait poliment.

« - Monsieur ? Fit la standardiste simplement.

- Mon nom est Arnold Fayat.

- Très bien, un instant Monsieur Fayat, l'interrompit-elle sèchement »

La queue de cheval élevée au-dessus de sa tête se mit à gambader de nouveau devant le comptoir. Elle balayait frénétiquement le haut du cou de sa maitresse.

« Monsieur Fayat, reprit l'opératrice sans lever les yeux, vous devez aller au premier étage, dans le bureau à la porte verte légèrement à droite à la sortie de l'escalier. »

Arnold emprunta un escalier aux larges marches en verre opaque. Pendant la montée, il sentit la structure vibrer doucement sous ses pas, comme si elle se débattait et résistait à l'affaissement. Il s'appuya sur la rampe par un réflexe craintif et inutile qui fit sourire la jeune femme derrière son comptoir. Celle-ci, habituée aux néophytes de l'escalier comme elle aimait les appeler, égayait son activité monotone en les observant monter à l'étage.

La porte verte était ouverte. Arnold pénétra

dans une pièce spacieuse et lumineuse dont les fenêtres précipitaient le regard sur un petit jardin intérieur planté de pins et de sapins. Un bureau en bois vernis en noir et deux plantes vertes adossées au mur blanc paraissaient constituer une enceinte autour d'une jeune femme en tailleur bleu.

Le corps de la directrice de cabinet de la sous-préfète était crispé. Les joues écarlates de gamine posées sur ce visage de femme firent sourire Arnold.

« Corinne, tes joues t'ont trahie. Tu vas encore me faire des reproches, n'est-ce-pas ?, ne put-il s'empêcher de dire en riant de ce rire gras de grand frère que Corinne Levasseur appréciait. »

Elle se dérida et sourit. Les longs cheveux noirs bouclés qui débordaient de ses épaules pendant son enfance avaient été taillés. Ils semblaient être contenus, au-dessus de sa nuque, par une expression sérieuse et digne. Son sourire s'ouvrit sur des dents blanches et bien rangées. Son corps avait muri, sa poitrine avait fleuri et ses jambes élégantes s'étaient élancées.

Depuis qu'Arnold lui avait téléphoné la veille, chez elle, Corinne Levasseur était joyeuse et circonspecte. Lorsqu'elle avait entendu sa voix, elle avait cru à un canular ou à une farce. Elle avait tant espéré cet appel durant son adolescence qu'elle était repue de patience. Elle s'était adonnée aux études par dépit et pour oublier sa déception. Elle avait noyé sa peine dans les articles du droit, enivré son chagrin dans l'ivresse de la réussite scolaire. Elle n'avait plus rien attendu d'Arnold même si, parfois, en entrant dans la maison familiale, son regard, mu par une vieille passion, fixait l'espace ouvert adossé à la grange du voisin.

Au téléphone, la voix d'Arnold avait été enjouée et gaie. Par contre, rétrospectivement, elle avait trouvé la sienne morne et close de dépit. Elle avait rageusement comprimé sa joie contre un accent sérieux et grave. Le ton joyeux de son interlocuteur ne sembla pas fléchir devant sa rudesse et sa brusquerie.

Ces mornes années d'étude en ville sur le vieux campus de l'école administrative, aux hautes salles froides et aux longs et obscurs couloirs étroits, avaient engourdi son allégresse enfantine et développé chez elle une politesse trop fraiche et sans âme. Prédisposée donc à adopter un ton fade et austère, Corinne Levasseur fut foudroyée de bonheur lorsqu'Arnold, dans un éclat de rire, lui avait demandé de la rencontrer le lendemain matin à la sous-préfecture. Son sérieux et sa gravité bousculés par cette demande s'appuyèrent fermement sur un pesant langage convenu qu'elle articula avec peine mais qui la faisait céder sur tout, le lieu, le jour et l'heure.

En partant de la maison familiale, ce matin-là, elle s'était signée de son coup d'œil sur la voiture d'Arnold, comme prise par son ancienne foi.

Sur le parking de la sous-préfecture où elle avait rencontré Chantal, la standardiste, Corinne Levasseur l'avait poliment choyée de doux égards. Avant de rejoindre son bureau elle lui avait annoncé à la cantonade avec un ton entendu et complice : « Faites monter Arnold Fayat à mon bureau dès qu'il arrive et prévenez-moi par un beep. » Puis, elle avait laissé la porte de son bureau délibérément ouverte. Elle voulait le voir tel qu'il était, sans qu'il n'eût le temps de se recomposer son visage, de le barbouiller d'un enduit de courtoisie.

C'était bien le même homme qu'elle avait connu qui avait paru sur le seuil de son bureau. La boutade amicale et familière qu'il avait prononcée à son arrivée les avait de nouveau unis dans leur ancienne complicité.

Avec une légèreté naturelle et une gaieté spontanée, son hôte fit le tour de sa vie en la résumant par des anecdotes cocasses et une éloquence agréable. Il paraissait à l'aise et décontracté près d'elle. Lorsqu'il l'interrogeait, la jeune femme restait évasive et distante sur sa propre existence. Elle voulait lui en dissimuler la monotonie et la solitude. Son expression reprit, par conséquent, un peu plus de raideur pour résister au regard pénétrant de son vis-à-vis.

Ces petits riens du quotidien qui trainaient, çà-et-là, dans ses anecdotes, enrichissaient les jours de l'avocat, nourrissaient son bonheur. La directrice de cabinet voyait, en quelque sorte, étalée devant elle, la vie conjugale à laquelle elle avait innocemment aspiré depuis son enfance. Elle finit par comparer, sans même vraiment s'en apercevoir, ces petits riens, au vide affectif de sa réalité, ce grand Rien, cet horrible néant qui appauvrit la gaieté et gâte l'humeur.

Pour Corinne Levasseur, le récit de la vie heureuse d'Arnold accroissait les distances entre elle et lui. Le nom de chacun de ses enfants érigeait des obstacles infranchissables pour un rapprochement entre eux. Ce parfait bonheur familial déplut à la jeune femme car, en le sondant de son regard froid et jaloux, elle n'y sentit aucune fêlure ni aucune brèche, où elle aurait pu semer quelques graines de discorde.

Elle réprima un mouvement d'agacement en se tournant brusquement vers la fenêtre donnant sur le jardin intérieur. Elle contemplait les plantes grimpantes qui colonisaient la façade en vis-à-vis de celle de son bureau. La nature, à l'étroit dans ce coin de verdure enfermée dans un gris béton, avait débordé sur les murs, s'était avancée sur les parois de l'édifice.

Arnold s'était tu. Il avait saisi l'agacement de son interlocutrice. Il respectait son recueillement comme s'il lui permettait enfin de faire le deuil de son premier amour. En exposant une liaison sans faille avec Kate, il avait voulu ôter toutes les illusions de Corinne. Celle-ci ne devait pas, pensait-il, interpréter ce rendez-vous comme un moyen de faire renaître une vieille passion enfantine. Il avait délibérément étranglé de son bonheur les espoirs et les illusions de la jeune femme.

« Corinne, s'abandonna-t-il avec une sincère tristesse en voyant le profil de la joue écarlate de son interlocutrice, j'ai un service à te demander. »

La directrice de cabinet fit tout-à-coup volte-face. Le rouge de ses joues avait comme éclaté. Il avait propagé ses éclats rougeâtres sur tout le visage de la jeune femme. En devenant adulte, le rouge de colère qui avait jadis timidement imprégné ses joues avait grandi et s'était imposé plein d'audace sur toute sa face.

« Je me doutais bien Arnold, qu'après toutes ces années, tu étais venu me voir avec une idée derrière la tête, éclata-t-elle avec aigreur. Depuis ton mariage avec Kate, c'est la première fois que tu viens chez ton oncle sans elle. Le bonheur que tu m'as dépeint depuis ton arrivée n'est peut-être plus si parfait et rose que tu veux bien le croire, fit-elle en souriant férocement. »

Ce rire sardonique déformait son visage horriblement. Ses pommettes s'étaient nerveusement gonflées. Elles s'étaient resserrées autour de ses yeux, comprimant son regard sur ses deux féroces pupilles marron. C'était la révolte de la femme dédaignée, abandonnée à sa solitaire tristesse qui ronge les entrailles et abîme même les plus nobles caractères.

« Arnold, dis-moi, continua-t-elle, haletante, comme si elle régurgitait tout l'air vicié qui avait tourmenté ses tripes depuis ces dernières années, pourquoi devrais-je t'aider ? Depuis ton mariage, ajouta-t-elle avec une moue de mépris involontaire, t'es-tu soucié de ce que je devenais ? As-tu même cherché à avoir de mes nouvelles auprès de mon père ? Non Arnold, tu ne l'as pas fait. Tu as vécu ta petite vie de notable repu et heureux entouré de sa charmante famille. Et maintenant que tu as des problèmes ou des tracas, tu viens voir celle que tu as délaissée. C'était ça ton idée quand tu es venu ici, n'est-ce-pas ? »

Arnold gardait le silence. Les vibrations qui secouaient ses narines descendirent à ses lèvres. Son regard confus s'assombrit. Une sombre expression ferma son visage. Ses paupières s'abaissèrent sur ses yeux.

Cette courte introspection lui fit comprendre le dépit de Corinne. Malgré la rudesse du propos, Arnold avait deviné les sentiments vifs et passionnés de la jeune femme qui rendaient, par dépit amoureux, son discours si dur et si éloigné des tendres émotions qu'elle éprouvait à son égard.

« Alors ce que l'on dit est vrai, Corinne, répondit-il

en ouvrant un éploré regard sur la jeune femme. Tu connais tout de mes va-et-vient chez mon oncle. Tu as raison, depuis que je suis marié, c'est la première fois que je viens seul chez lui. C'est au nom de cet attachement pour moi que je te demande de m'aider. Ton affection pour moi est bien plus forte que ta colère contre moi, fit-il en laissant échapper un soupir de regret. »

Sans attendre une réponse de Corinne Levasseur, Arnold tira de la poche de son pantalon la feuille d'un petit carnet pliée en deux.

« Tiens ! » dit-il simplement en posant le papier sur le bureau de son amie.

Elle fut désarmée et confuse de s'être trahie. Elle avait implicitement reconnu qu'elle l'épiait. Maintenant Arnold connaissait les sentiments qu'elle entretenait toujours pour lui. Sa stupide colère, songeait-elle, lui avait livré les secrets de son existence qu'elle avait tenté de lui cacher depuis le début de leur entretien. Elle refusait sa pitié ou sa compassion. Cette détermination amassa des rides de colère sur son front et entre ses sourcils arqués d'irritation.

« - J'aimerais, reprit calmement Arnold, savoir ce

que les archives de la police possèdent sur les activités d'Aristide et de Berthe Fayat pendant la guerre. Je t'ai écrit leur nom civil complet sur ce papier en cas de besoin.

- Mais, l'interrompit Corinne chez qui le sentiment de surprise avait surpassé celui de colère, les occupants ont brulé leurs archives avant l'arrivée des alliés.

- La police en place au temps de l'occupation était celle de la République. Elle n'a surement pas détruit ses archives, par fidélité pour le régime républicain qui revenait. D'ailleurs c'est avec celles de la police de Noyles que Karl Von Botchen a pu être inculpé.

- Tu veux que j'aille feuilleter dans les archives d'une ville qui n'est pas de ma juridiction. Cela me parait compliqué.

- Entre collègues hauts-placés de préfectures différentes, ce genre de chose est courant, tu sais Corinne. »

La jeune femme baissa la tête vers son bureau. Son regard soumis s'inclina sur le papier qui y était posé, à la manière d'une reddition.

« C'est bon Arnold, je vais voir ce que je peux faire

pour toi, finit-elle par capituler, soulagée, en fin de compte, de trouver un prétexte pour le voir de nouveau. Mais je te préviens, cher Maitre, mon service n'est pas gratuit. Tu auras une dette envers moi. »

Arnold s'approcha de Corinne. Il cueillit dans ses bras la jeune femme qui s'effondra, mollement, dans la suave étreinte de ce premier amour.

« Corinne, lui murmura-t-il, ma dette envers toi est bien plus élevée que tu ne le penses. »

Le regard sec, sans larmes ni sève, comme mort, elle sanglota le corps soulevé par de raides et rudes soubresauts et la gorge noyée par de mornes gémissements étouffés.

Chapitre 6

Il était arrivé à son cabinet ce vendredi en début d'après-midi, après avoir déjeuné, seul, dans le restaurant d'une aire d'autoroute. Et, assis devant son large bureau à la forme incurvée en croissant de lune, il étudiait le dossier Botchen établi par le juge d'instruction. Ses pièces étaient constituées de documents officiels de la police de l'époque, de recherches effectuées par des historiens de renom et des dépositions de victimes survivantes et de témoins. Malgré ses premières réticences, il s'était emparé de cette nouvelle affaire, avide et empressé, comme il le faisait avec tous les nouveaux dossiers qui passaient entre ses mains.

Les coudes posés sur le plateau de son bureau, ses deux mains coiffant le haut de son crâne, il paraissait accablé par la lecture de ces événements. Régulièrement, il opinait de la tête, les lèvres tendues et les yeux écarquillés. Il fronçait parfois les sourcils quand les témoignages s'ensanglantaient de détails poignants et de précisions plus dures. Les sillons de rides qui apparaissaient sur son front semblaient plus creusés que d'ordinaire comme s'ils avaient été travaillés par la fatalité de ces souvenirs.

« Entrez, fit Arnold d'une voix rongée par l'émotion lorsqu'il entendit frapper à la porte de son bureau. »

Malika, sa secrétaire, entra discrètement dans la pièce. C'était une jeune femme aux cheveux noirs courts et au regard jaune. Sa face brune, à l'allure élancée et à la mâchoire avancée, lui donnait des airs d'équidé. Elle était fougueuse dans la colère et sereine dans le calme. Cette sérénité, comme à cet instant-là, était accentuée quand elle revenait de la prière du vendredi. Les yeux luisants de mysticisme, la quiétude et la douceur émanaient d'elle.

« Maitre, fit-elle, lorsqu'Arnold posa son regard ému et interrogatif sur elle. Voilà les livres historiques que vous m'aviez demandés. Par contre, celui traitant de la « Question » pendant les guerres coloniales, je ne l'ai pas trouvé. Il semble qu'il soit encore censuré. Les libraires paraissaient gênés par ma demande. Ces guerres sont encore taboues, conclut-elle tristement.

- Merci, Mademoiselle Zaahouid. Posez les livres sur le bord de la bibliothèque. » Demanda-t-il en montrant de l'index un meuble noir, congestionné de dossiers, d'ouvrages de droit pénal et de registres.

Arnold s'immergea de nouveau dans cet abîme d'atrocité décrit dans un style froid et sans âme.

La jeune femme glissa entre les fauteuils sa silhouette svelte et souple, serrée dans une longue robe à la teinte austère. Elle repoussa les quelques documents qui débordaient de la bibliothèque et y déposa les siens. Elle stationna près du meuble, l'air perdu et absent, comme si une profonde pensée avait enseveli son esprit.

L'avocat poursuivit sa lecture pendant un long moment. Puis une idée à la nature futile, légère et distraite happa son attention. Lesté par sa pesante concentration dans le tréfonds de son étude, il n'avait pas entendu la porte de son bureau claquer ni les pas de sa collaboratrice se diriger vers la sortie. Cette singulière remarque lui fit relever la tête.

Malika était toujours immobile. Sa douce sérénité semblait se flétrir dans une réflexion angoissante. Il faisait froid et gris dehors. La lumière laiteuse de cette grisaille qui s'écoulait par les deux hautes et larges fenêtres du cabinet ternissait le teint bruni de la jeune femme. Son visage était blafard et sans éclat.

« Mademoiselle Zaahouid, s'inquiéta Arnold, y-a-t-il quelque chose qui vous tracasse ? »

De ses infernales pensées, le regard rêveur de Malika envoya vers celui de son patron des lueurs chancelantes. Ses yeux jaunes étaient pâles et soucieux.

«- Le livre sur la « Question », vous le voulez vraiment, dit-elle d'une voix rauque et rugueuse qu'Arnold ne lui connaissait pas. Car si c'est le cas, reprit-elle sur le même ton avec une pointe d'embarras, la recherche sera difficile et ardue, si... hésita-t-elle, en marquant une pause, on s'appuie sur le réseau des librairies.

- Ce livre, ma foi, répondit Arnold, décontenancé, est important pour notre affaire. Mais, ajouta-t-il rapidement, si cette demande vous cause des problèmes ou des tracas, je peux m'en charger seul. »

Elle secoua la tête en signe de négation. Les arrière-pensées qui retenaient son esprit dans le désarroi depuis un moment, elle s'en libéra et les fit passer en avant, en les exposant à son chef.

« - Maitre, reprit-elle, en se tournant vers la bibliothèque, le nez sur les ouvrages de ses étagères, mon père pourrait vous aider, si vous voulez. Pendant sa jeunesse, il a combattu contre l'occupant colonial. Il en connait bien les méthodes, ajouta-t-elle, le ton coupé d'émotion.

- Si cela ne le dérange pas, je veux bien le rencontrer.

- Je lui en parlerai fit-elle d'un regard absent et lointain, où apparaissait la détermination des esprits rudes et éveillés.

- Merci beaucoup pour votre aide, Mademoiselle Zaahouid. J'apprécie beaucoup votre investissement personnel, conclut-il pour la congédier. »

Malika se déhancha entre les fauteuils du cabinet jusqu'au seuil de la porte. La main sur la poignée, elle demanda, sans se retourner, les yeux baissés sur une idée fixe qui devait la travailler depuis plusieurs jours.

« - Maitre, dit-elle tranquillement d'une voix posée, vous avez besoin de ce livre pour l'affaire Von Botchen, n'est-ce-pas ?

- Oui, répondit-il simplement, surpris que sa secrétaire si discrète d'ordinaire l'interrogeât sur un dossier en cours.

- Ce Von Botchen est accusé de crime de guerre et de crime contre l'humanité. Il est soupçonné d'être un bourreau. Pourquoi le défendez-vous ? Maitre »

Arnold repoussa sa chaise en arrière en la trainant brusquement. Il se mit debout. La demande de Malika l'avait frappé d'étonnement. Etait-elle liée à une victime de cet homme ? se demandait-il. Il la considéra de son regard percutant pour sonder les failles de cette âme discrète et timide. Il s'absorbait, silencieux, les paupières à demi closes, dans une singulière réflexion.

« - Malika, fit-il sur un ton amical et intime, j'ai mes propres raisons personnelles que je ne peux vous dévoiler. Néanmoins, vous devez savoir que les bourreaux doivent être défendus pour donner un sens à un procès et un soulagement aux victimes et à leurs proches. Si la justice ne laissait pas l'accusé se défendre, cela serait un déni de justice, on assisterait plutôt à un lynchage.

- L'avocat de la défense est donc également très important pour l'accusation et les victimes, assura-t-elle de sa voix innocente.

- C'est cela confirma l'avocat.

- Alors les victimes de cet homme, elles, dit-elle en insistant sur le pronom personnel, elles ont la chance, reprit-elle émue, d'avoir un procès légal et conforme au droit. Elles pourront plus facilement faire leur deuil. En disant cela à mon père, Maitre, je suis sûr qu'il vous aidera. Il sera convaincu que cela vaudra la peine de remuer ses mornes souvenirs de guerre. Au moins pour soulager d'autres victimes d'un autre bourreau dans une autre guerre, conclut-elle sans se retourner en quittant le bureau. »

Pensif et circonspect, Arnold feuilleta les livres et documents que Malika avait déposés sur le bord de la bibliothèque. A chaque fois qu'il examinait la couverture d'un ouvrage il hochait la tête d'un air entendu et ravi. Il appréciait l'efficacité et la vivacité d'esprit de sa secrétaire. Il l'avait rencontrée il y a cinq ans par l'entremise de Kate. La jeune femme née dans une ancienne colonie était venue ici pour se marier avec son fiancé, Rachid, un collègue de son épouse. Les premiers jours, il l'avait utilisée pour des tâches anodines et sans importance qu'elle avait accomplies avec une discrétion rare et une rapidité certaine. Au fur et à mesure, Malika avait fini par imposer sa présence et par emporter la confiance de son patron et de son épouse, surtout, avec qui elle entretenait des rapports d'amitié.

« En cinq ans, je ne me suis jamais douté que l'histoire familiale de Malika pouvait dissimuler un passé si délicat, se reprocha Arnold en se dirigeant vers la fenêtre de son bureau. »

Il s'arrêta les mains dans le dos derrière le panorama que lui offrait la ville depuis son cabinet. Le vent paraissait labourer les eaux du fleuve. De lourdes vagues roulaient sur le lit du cours d'eau en se retournant sur elles-mêmes. De-ci de-là, perlaient d'épais caillots d'écume qui ruisselaient en s'enroulant à la surface du courant.

Un véhicule gris métallisé remontait les quais du fleuve à contre-courant de celui du cours d'eau. Il s'engagea dans le renfoncement d'un trottoir zébré par d'épais traits jaunes obliques dessinant une ligne continue d'accents circonflexes.

Les usagers des transports publics s'étaient agglutinés autour de cet arrêt de bus. Deux impatients, qui piétinaient de colère sur l'asphalte de cette anfractuosité coincée dans la chaussée, se sauvèrent en remontant prestement sur le trottoir lorsqu'ils virent le véhicule gris métallisé arriver sur eux les feux de détresse allumés. Quand l'auto s'arrêta, la portière passager pivota largement. Une main fine et fripée, tachetée par l'âge, resta appuyée en suspens sur la poignée intérieure de la porte. La présence de ce véhicule privé sur cet espace réservé au service public agaça les usagers. La foule s'anima de regards désapprobateurs, de moues agacées, de lèvres pincées et de silences méprisants altérant l'humeur des futurs passagers.

Une femme élégante aux cheveux grisonnants sortit avec aisance de la voiture. On l'entendit dire au chauffeur qui l'avait déposée :

« Je n'ai pas besoin de toi Joshua, va travailler. Tout se passera très bien. Allez, vas-y! » Ajouta-t-elle en voyant le bus foncer dangereusement sur eux. Elle claqua précipitamment la portière passager sur les dernières recommandations de son fils dont elle n'entendit qu'un bourdonnement inintelligible couvert par le klaxon de l'autobus. La voiture de Joshua mit son clignotant et se réinséra dans le flot de la circulation interrompu par le car, arrêté au milieu de la route attendant impatiemment que sa place se libérât.

Blume monta sur le trottoir et rejoignit la multitude qui patientait à l'arrêt du bus. Elle la traversa alors que la foule se vidait dans l'autobus. Celui-ci, avec autorité et force, pénétra lentement dans la circulation qui s'était épaissie. Le car resta bloqué dans les embouteillages.

Au moment où Blume dépassait le bus, les portières de ce dernier glissèrent.

« Madame, lui cria un chauffeur bedonnant au regard noir, il est interdit de s'arrêter sur les arrêts d'autobus. A cause de vous je suis en retard sur mon itinéraire. A quelques minutes près je pouvais les éviter, les embouteillages. Ca fait chier ! » Jura-t-il quand il vit la responsable de son contretemps ignorer ses invectives. Il marmonnait encore contre ces gestes inciviques lorsque Blume traversa la chaussée en glissant entre les voitures arrêtées.

Elle progressa jusqu'à un imposant bâtiment en pierres, liseré de fresques taillées dans la façade. Celle-ci, tannée par le soleil pendant des années et encrassée de pollution, avait bruni. Des trainées noires suintaient de l'édifice, obscurcissant le bord du cadre des fenêtres et les abords des gouttières. Il semblait que cette vieille maison rendait d'anciennes humeurs mauvaises qui avaient dû être sécrétées par d'affreux événements du passé.

La fenêtre du cabinet de son Beau Fils paraissait assombrie par une ombre immobile. Celle-ci, comme une vieille marque de crasse indélébile, résistait au flot de lumière laiteux qui blanchissait les carreaux.

Cet angle de la ville et cette bâtisse construite sur cinq degrés, Blume les connaissait parfaitement. Malgré le recul des ans, leurs angles faisaient encore tomber sur ses rêves des inclinaisons morbides. Ces souvenirs effrayants s'étaient incrustés dans sa vie, résistants aux négligences de sa mémoire.

Lorsqu'elle sonna à l'interphone lové dans une niche à l'abri d'un porche, la douce voix chaleureuse de Malika fit écho à celle d'une autre femme, au temps de l'occupation alors qu'elle cherchait un refuge, apeurée, sa fille blottie dans ses bras. Cette voix du passé fraiche, amoureuse et jalouse de cette jeune épouse d'alors qu'elle avait tant jalousée et haïe, la précipita dans ses pas de réfugiée terrifiée d'autrefois, portant Kate à travers les degrés de ce même escalier sombre qu'elle n'avait pas osé allumer à l'époque. Alerte, les yeux révulsés de peur roulant dans ses orbites, elle avait progressé tremblante jusqu'à la porte entrebâillée d'un appartement, où une autre femme souriante l'avait attendue comme Malika le faisait maintenant.

« - Blume, y-a-t-il quelque chose qui ne va pas ? Questionna Malika, alarmée par le dévasté visage blafard et pâle de son hôte. Asseyez-vous, lui dit-elle en la soutenant par le bras jusqu'à un fauteuil en cuir noir monté sur de petites roulettes. Je vais chercher Arnold tout de suite.

- Non, Malika, ce n'est pas grand-chose, fit-elle en agrippant d'une main ferme le poignet de la secrétaire. Un verre d'eau me conviendrait mieux, poursuivit-elle sur un ton las et soulagé. »

Un souffle d'inquiétude rida, en un rictus anxieux, la face de la jeune femme. Indécise, elle louvoyait immobile, en silence, son regard faisant des va-et-vient hésitants.

«S'il te plait, Malika, tout va bien. J'ai juste la gorge sèche. Allez, vas-y, s'exclama-t-elle, les yeux implorants de douceur. »

Convaincue, la secrétaire s'éloigna et disparut dans la courbure du couloir.

L'appartement recyclé en cabinet avait radicalement changé. Le grand vestibule à l'entrée réservé jadis aux vêtements et aux chaussures avait été converti en une salle d'accueil, où les clients étaient poliment accueillis par Malika. La tapisserie aux teintes nocturnes, où avaient bourgeonné de longs ramages tressés en guirlandes, était tombée en désuétude. Un mur sobrement peint en blanc l'avait remplacée. Il semblait à Blume que les couleurs de l'ancienne tapisserie s'étaient écoulées sur le sol couvert à présent d'une moquette bleu nuit. Sous cette dernière, le vieux parquet de son époque se manifestait encore çà et là par des grincements aigus aux sonorités lugubres.

Par contre, comme par le passé, les portes donnant sur le couloir étaient toujours fermées. Quoique rafraîchies de quelques couches de peinture blanche, elles étaient restées les mêmes. Leurs baguettes en bois dorées dessinaient encore un grand rectangle souligné de jaune au-dessus d'un plus petit. Seulement, un trait de lumière irrégulier plus épais qu'auparavant était tracé, posé en parallèle sur le seuil de l'entrée de chaque pièce. Le temps paraissait avoir grignoté quelques copeaux au bas de la porte. Derrière leurs poignées en forme de boutons cuivrés, Blume s'attendait à voir surgir deux enfants gais et joueurs poursuivis par un chef de famille attendrissant ou une mère aux lèvres souriantes de plus en plus glacées.

La proximité de ces murs hantés de son passé difficile lui faisait redécouvrir quelques instants joyeux qu'elle avait vécus malgré la rigueur des jours d'alors. Elle revoyait la complicité naissante des deux enfants qui allaient se marier plus tard et fonder une famille. Le bonheur de ces deux adultes d'aujourd'hui s'était forgé ici, dans la peur et l'adversité. Elle avait surmonté ces obstacles et évité la déportation pour leur offrir à tous les deux cette famille dont elle était si fière. La mâchoire de Blume se crispa et ses mains se serrèrent. Déterminée, elle se leva du fauteuil, le corps rigide. Elle frappa et pénétra dans le bureau de son Beau Fils au moment où Malika, décontenancée de la voir se glisser par l'entrebâillement de la porte, lui apportait son verre d'eau.

Le regard d'Arnold aux éclats contrariés circulait de gauche à droite et de haut en bas, l'expression brisée de douleur par les rudes témoignages du dossier Botchen. Assis derrière son bureau, il invita son hôte à entrer quand il entendit frapper. Son corps se déploya brusquement au-dessus de sa chaise lorsqu'il vit sa belle-mère, debout dans son cabinet en face de lui. Les yeux énergiques de Blume semblaient s'appuyer résolument sur les siens, comme si elle se retenait à quelque chose de précieux qui se dérobait.

« Bl… Blume, réussit-il tout juste à bafouiller, la gorge congestionnée d'angoisse et d'étonnement. »

Lentement, comme s'affaissant irrésistiblement, le regard de Blume s'éloigna de celui de son gendre et déclina jusqu'à la pile de documents éparpillés sur le bureau de son Beau Fils. Ses yeux s'abîmèrent de tristesse comme s'ils se mélangeaient aux dépositions des victimes de Karl

Von Botchen. Par ce mouvement, Arnold comprit immédiatement que sa belle-mère avait percé son secret, elle savait tout. Pendant un bref instant, son dos s'arrondit, sa tête se courba et s'enfonça dans ses épaules. Il s'appuya sur ses poings crispés posés sur son bureau pour ne pas s'affaisser sur son siège. Des vertiges l'ébranlaient et lui donnaient la nausée. Il se sentait étourdi, comme KO debout.

« Tu ferais mieux de t'asseoir Arnold, lui conseilla-t-elle fermement. »

A cette injonction, l'avocat se soumit et lâcha prise. Sans force, il bascula sur son fauteuil, les yeux fermés et le visage renversé en arrière, dirigé vers le plafond. Blume s'avança au-dessus de lui. Elle le considéra un moment en silence, la tête penchée sur le côté, admirant le nez, la bouche et le visage fin des Fayat. Elle lui prit la main et la tapota tendrement en soufflant doucement entre ses dents serrées et ses lèvres à peine ouvertes.

« - Allez, reprends-toi Arnold, dis-moi ce qui se passe.

- Tu sais déjà tout, n'est-ce-pas Blume ? Lui demanda-t-il en rouvrant les yeux et relevant la tête. Tu es venue pour entendre la vérité de ma bouche, ajouta-t-il sur la défensive. »

Sous le regard coupable et dardé de défi d'Arnold, Blume crut voir un très fin voile de regret et de tristesse qui frissonnait timidement.

« Ne te méprends pas Arnold sur le but de ma visite. Tu n'es plus un petit garçon. Tu es un homme qui doit faire son travail d'avocat. Je ne suis pas ici pour te sermonner ou te dire ce que tu dois faire, dit-elle en lui lâchant humblement la main. Tu es libre de défendre qui bon te semble, fit-elle en s'asseyant en face de son gendre. »

Sereine et sûre d'elle, Blume caressait tranquillement son Magen David qui paraissait frétiller sous ses caresses. Ce discours désamorça la défiance de son gendre. Le voile de tristesse du regard de ce dernier sembla s'épaissir et floculer en deux flocons de larmes qui roulèrent aux bords de ses yeux.

« Que tu sois l'avocat de Karl Von Botchen, ce n'est pas un problème pour moi, poursuivit-elle, en citant elle-même le nom du bourreau pour que l'échange fût précis, sans quiproquo. Cette information sera bientôt connue de tous. Kate, dit-elle lentement, doit l'apprendre de ta bouche au plus tôt. Je peux te garantir que Joshua va garder le secret. Ta femme ne doit surtout pas apprendre la nouvelle de la bouche d'un tiers, ne penses-tu pas Arnold ? Conclut-elle dans un murmure adouci. »

Arnold hocha imperceptiblement la tête. C'était un hochement doux et régulier, presque anodin mais qui donnait beaucoup de force à son adhésion aux propos de sa belle-mère.

Un jet jaune de rayons de soleil vint jeter une mare de lumière aux pieds du bureau. Par endroits, quelques points lumineux épars semblaient avoir été projetés par les éclaboussures de ce rayonnement.

«- Je n'arrête pas d'y penser, s'emporta Arnold en se levant. Je ne sais pas vraiment comment je dois m'y prendre pour lui annoncer la nouvelle, ajouta-t-il en traversant la flaque de lumière ocre jaunissant le sol qui s'asségha partiellement un bref instant dans l'ombre de son pas.

- Dis-le lui simplement, en expliquant tes raisons et tes convictions. Elle comprendra. »

« Je ne suis pas sûr de les comprendre moi-même mes motivations » allait-il répondre, exaspéré, mais il se ravisa. Cette phrase vint expirer sur ses lèvres qui tressaillirent simplement comme prises par les convulsions de cette pensée mort-née.

Il fronça les sourcils d'impuissance. Quelques rides parallèles profondes vinrent zébrer son front. Son esprit dériva de nouveau vers ses propres réflexions. La présence de Blume qui avait servi de catalyseur à son analyse, il ne la voyait plus ; elle s'était effacée pour lui. Il s'était éloigné d'elle pour plonger dans ses peurs et ses angoisses.

« De toute façon, pensait-il, quels que soient les arguments que je donnerai à Kate pour justifier ma décision, la conversation aboutira à une confrontation, voire à une dispute ou pire… »

Ce pire, il n'osait pas réellement l'envisager. Cette alternative qui pourrait être fatale à son couple, il préférait encore l'occulter et surtout ne pas véritablement la nommer. Il secoua la tête comme pour ébranler ses pensées. A ce moment-là, toutes les petites lâchetés personnelles lui étaient utiles pour rejeter et éloigner l'impensable.

Les quelques sons prononcés par Blume le ramenèrent sur la voie de la froide réalité. Il aborda le réel, l'expression perdue et le regard hagard. Il semblait revenir d'un voyage ardu et pénible, où il avait coudoyé la détresse et la douleur.

« Quand as-tu l'intention de lui en parler ? Insista-t-elle, presque craintive, en comprenant que son gendre s'était égaré dans ses propres réflexions. »

Blume se tenait droite. Son corps avait l'air plus robuste que d'habitude. Un léger sourire affable éclairait son visage. Elle s'efforçait de montrer la voie à son Beau Fils pour lui faire éviter les écueils qui lézardaient les couples et qui faisaient échouer les familles. C'était un phare qu'elle incarnait, dirigeant son gendre dans le brouillard d'un passé obscur et inavouable.

« Je vais lui dire bientôt, balbutia-t-il, le visage glacé de douleur et le regard apeuré. »

Il fit les cent pas en silence, la tête baissée et l'allure impatiente. Il s'arrêta devant la bibliothèque, les yeux totalement absorbés par l'observation de ses livres, comme s'il poursuivait un travail important malgré les dangers sous-jacents pour son couple que lui prédisait sa belle-mère. Il semblait vouloir se cacher dans le repli du devoir professionnel pour échapper à ce discours aux accents de cassandre.

L'expression affable et le regard conciliant et

compréhensif de Blume dévoraient l'esprit et la patience d'Arnold. La bienveillance de sa belle-mère l'irritait et le troublait. Ses premiers mouvements d'approche l'avaient alangui, touché par ses observations sur la liberté de choisir. Ensuite, ses sollicitations pour l'engager à dire la vérité à Kate l'avaient angoissé. Il se sentait maintenant exaspéré par cette violation de sa vie privée. « N'avait-elle pas dit qu'elle respectait mes choix au début de la conversation ? » S'emporta-t-il silencieusement en regardant, à la dérobée, ce visage qui, par son expression silencieuse et têtue, s'obstinait à lui faire faire preuve de courage.

« - Très bien, céda-t-il, à bout de culpabilité, je lui dirai ce soir en rentrant, ajouta-t-il presque outré par sa faiblesse.

- Bien fit-elle simplement, sans esquisser ni le moindre mouvement de soulagement, ni un geste de repli. »

La flaque de lumière avait progressé. Elle était étendue sur les piles de dossiers qui encombraient le bureau de l'avocat. Elle s'étageait, au gré du désordre, sur les livres et les classeurs. Tantôt elle était horizontale, d'autre fois elle était oblique. Elle ressemblait maintenant à une étoffe ocre abandonnée qui jaunissait les feuilles blanches.

Arnold s'avança jusqu'à son bureau. Il était décontenancé. L'immobilité de Blume était le présage qu'une autre pensée allait éclater et fendre cette sereine et calme face. Debout, à peine penché au-dessus du dossier Botchen, il dissolvait son angoissante attente dans cette liasse de papier qu'il examinait avec une vive attention. Il la parcourait soigneusement comme s'il cherchait quelque chose d'important.

Blume préférait à cet instant-là retenir sa prochaine idée. Elle lui concédait le répit qu'il s'était octroyé, en s'abîmant dans la lecture de ses documents.

Brusquement, les yeux d'Arnold cessèrent de faire des va-et-vient dans ses orbites. Ils s'étaient figés, fixés sur un mot qu'il toucha avec son index comme pour s'assurer qu'il l'avait bien lu. Une vive nuée d'émotions déchira sa chair. Ses lèvres se fendirent dans un triste propos.

« Blume ! S'exclama-t-il sans se retourner. Je sais que ton nom figure dans la liste des parties civiles. C'est écrit là, poursuivit-il en tapotant de son doigt la feuille où il était inscrit. Si c'est ça que tu veux me dire de vive voix, je le sais déjà. Malgré le fait que nous soyons adversaires dans ce procès, mes sentiments pour toi ne changeront pas, ajouta-t-il en se retournant. »

Alors qu'il s'approchait d'elle pour l'enlacer, il s'interrompit, surpris, en entendant sa belle-mère lui répondre :

« Arnold, ce n'est pas cela que j'ai encore à te dire. »

Un tremblement nerveux traina lamentablement sur le visage d'Arnold en ondulant du nez à la bouche. Son regard inquisiteur de juriste fouilla dans les plis de l'expression affable de Blume. Ses yeux faisaient vainement des tours et des détours sur cette figure aux traits impénétrables. Il était impuissant à percer les pensées de son interlocutrice. Sa réflexion était bornée par cette affabilité, circonscrite dans cette inflexible attente.

Blume se recula de quelques pas. Elle se tourna vers les dossiers que Malika avait déposés sur le bord de la bibliothèque. Machinalement, sa main droite triturait son Magen David tandis que celle de gauche effleurait la couverture d'un livre d'Histoire traitant de l'économie agricole durant l'occupation.

« Maitre Rothsberg, l'avocat de la partie civile qui défend la cause des déportés raciaux, m'a contactée pour que je témoigne. Etant donné ce que je sais maintenant, je vais refuser de participer à ce procès, assura-t-elle, le ton enflammé et le regard rouge. »

La chair d'Arnold rougeoya d'émoi. Un sentiment trouble de reconnaissance montait dans son cœur, mais un brasier de révolte le remuait également, le faisant haleter de colère.

« Blume, s'écria-t-il avec chaleur, ta décision, je la respecte. Je te remercie de la prendre pour nous éviter, à tous les deux, des confrontations et des conflits fraternels qui pourraient blesser tes enfants et tes petits-enfants. Néanmoins, Blume, tu as perdu presque toute ta famille dans les camps de l'Est, déportée là-bas par Karl Von Botchen. Tu dois faire ce qui convient pour honorer la mémoire de tes proches décédés. Si tu dois faire face à mon contre-interrogatoire, personne ne va s'effondrer ou mourir à cause de ça. Tu dois y aller Blume, je te le demande, je t'en prie, je t'en supplie, ajouta-t-il, la voix incendiée de détermination. Fais-le pour Kate, pour Joshua, pour mes enfants et pour le bébé que porte Golda. Témoigne pour les morts et leurs descendants pour que personne n'oublie leur calvaire. En tant que survivante tu as une dette envers les disparus, tu dois l'honorer par ton témoignage. Accuse et proteste en leurs noms, finit-il par crier en lui saisissant les bras dans une poigne vigoureuse. »

Le ton, le rythme et le sens des mots prononcés par Arnold étaient entrés dans l'âme de Blume. Le corps de celle-ci paraissait s'être enflammé et irrité. L'inflammation touchait ses sens par lesquels ce discours exalté était passé, comme si la chaleur du propos les avait brulés. Ses oreilles bourdonnaient, ses yeux étaient piqués de larmes, ses mains accrochées à son Magen David tremblotaient, sa bouche était muette, elle reniflait. Elle était soulagée et même apaisée.

Elle se blottit dans les bras de son Beau Fils comme pour désenflammer, par une tendre étreinte réparatrice, la joyeuse irritation que lui avait fait subir cet intense discours.

Malgré son enthousiasme de le voir revenir plus tôt à la maison, Kate avait repéré les mouvements nerveux des narines de son mari qui, chez lui, trahissaient une vive agitation intérieure. Elle avait surpris ses œillades attendries lorsqu'il feignait d'être occupé à autre chose. Quand il avait annoncé qu'il irait à la campagne chez son oncle, elle avait compris tout de suite qu'il désirait s'y rendre seul. Elle avait juste fait diversion en lui disant qu'elle préparerait les affaires pour le week-end. Elle s'attendait à son refus. Sur le seuil de la porte avant de s'en aller, Arnold l'avait embrassée avec une telle brulante passion qu'elle en était demeurée perplexe.

Depuis lors, elle attendait son retour avec une vague anxiété.

Alors qu'elle dinait chez elle avec ses enfants, sa mère, son frère et sa belle-sœur, elle avait reçu un appel d'Arnold. Celui-ci lui avait annoncé qu'il rentrerait le lendemain en début d'après-midi. Il irait directement à son cabinet pour rattraper le travail en retard, lui avait-il dit d'un ton beaucoup trop détaché pour ne pas lier l'esprit de la pauvre épouse de doute et de crainte. Il avait même ajouté qu'il rentrerait tard à la maison.

Et lorsqu'elle avait fait part de ses appréhensions à sa famille, Blume avait désespérément cherché des excuses à Arnold tandis que Joshua n'avait pas levé le nez de son assiette en faisant le dos rond. Il avait évité son regard et paraissait absent comme pas du tout concerné par les problèmes de sa sœur, lui qui d'habitude trouvait toujours les mots justes pour la rassurer.

Seule Golda avait été fidèle à elle-même. Elle avait fait l'éloge de la confiance dans le couple, en caressant doucement son ventre rond et en regardant tendrement les quatre enfants chahuter autour de la table. « Avec de tels enfants en bonne santé et remplis d'énergie, avait-elle ajouté avec un sourire gourmand, rien de grave ne peut vous arriver à tous les deux. » Blume avait ostentatoirement acquiescé avec un singulier éclat de rire qui inquiéta un peu plus Kate.

Le soir, avant de se coucher, sa mère lui avait trop longuement rappelé la chance qu'elle avait de posséder un tel mari. Pour la première fois elle lui avait confessé, en pleurant, qu'elle lui enviait son bonheur conjugal. Le visage de Blume s'était douillettement posé dans les dentelles du col de la robe de nuit de sa fille. Celle-ci était allée se coucher, le visage grave. Deux profonds sillons d'anxiété entre les sourcils semblaient prolonger la silhouette de son nez jusqu'à la naissance de son front.

Le lendemain midi, après avoir déjeuné avec sa mère, cette dernière l'avait étreinte en l'embrassant avec une fougue éperdue avant de monter dans la voiture de Joshua. Celui-ci avait maintenu son air lointain. Il avait encore négligé son regard. Il avait fixé la route, droit devant lui, la tête haute avec l'air absorbé et professionnel d'un chauffeur de profession.

Cette négligence fraternelle était le signe pour elle qu'il désapprouvait la décision maternelle. Ils partageaient donc un secret entre eux sur son mari qu'ils n'avaient nullement l'intention de lui dire avant Arnold. De toute façon, Kate était déterminée à bousculer son époux dès qu'il rentrerait. Il lui avouerait sa faute, songeait-elle, elle le gronderait comme d'habitude et ils se réconcilieraient, lovés, à l'abri du tumulte de la vie, dans la douce chaleur des draps de leur lit. C'était une comédie conjugale qu'elle aimait jouer avec lui. Elle le gourmandait avec joie. Voir son regard bas et piteux rouler sous sa tête baissée était un petit plaisir déluré et enfantin qu'elle regrettait, après coup, d'apprécier tant.

Une neige de crépuscule, saignante des

derniers rayons de soleil, se déposait mollement sur les trottoirs et la chaussée. Les voitures, dépourvues de pneus hiver, avançaient lentement comme engourdies par cette couche floconneuse. Un léger vent faisait rouler les flocons dans les rues et sur les avenues. La circulation, bien que dense, produisait un son ankylosé. Elle paraissait ronronner paresseusement.

L'automobile d'Arnold suivait les traces laissées dans la neige par les véhicules précédents. Il parcourait avec précaution ces rails creusés dans la couche neigeuse. Les deux mains crispées sur le volant, le regard s'enfonçant dans ce trafic indolent, il manœuvrait avec prudence.

Il détestait conduire sur la neige. Cette progression lente, ces sons presque assoupis, le doux craquèlement des roues contre la poudreuse, tout contribuait à une baisse de vigilance, à un alourdissement de l'attention. Il le compensait en raidissant son corps. Son dos penché en avant avait quitté le confortable dossier de son siège. Les feux rouges de la circulation, par endroit, permettaient une paisible accalmie. A ce moment-là, Arnold s'étirait légèrement pour relâcher ses muscles tendus de concentration.

Parfois, il croisait des autos accidentées. Elles étaient soit encastrées de guingois ou bien elles se retrouvaient, à contre sens, pieds pour tête, dans une rue à sens unique. Ces accidents servaient, en quelque sorte, de sérieux aide-mémoire à tous ceux qui auraient pu céder à la douillette sensation laissée par ce paysage emmitouflé de blanc. Un tel oubli précipiterait leur chute.

Peu à peu, les précipitations neigeuses s'arrêtèrent. Les nuages lourds déclinèrent au loin vers l'horizon. A la suite du soleil, ils semblaient se précipiter, alourdis de neige, vers l'horizontale où le sol se mêlait au ciel. La nuit étalait son arc étoilé au fond obscur quand Arnold rangea sa voiture sur sa place de parking, en sous-sol de son immeuble.

Lorsqu'il rentra chez lui, les fracas d'une dispute d'enfants saluèrent son retour comme une ébauche infantile, encore trop tendre, de ce qui l'attendait. Son cœur se souleva. Son regard se baissa sur une petite fille de dix ans aux petites nattes rebelles tombant confusément sur son front, ses tempes et sa nuque. Sa chevelure rousse aux teintes de feuilles mortes secouait nerveusement au-dessus de sa tête. La chair de son visage à la tonalité châtaigne avait pris la couleur rougeâtre de ses cheveux. Sa poitrine se soulevait convulsivement. Elle retenait difficilement ses larmes. Elle éructait de colère :

« Papa !, s'écria-t-elle, Isaac, il m'énerve. Je jouais tranquillement avec les lunettes et il me les a arrachées des mains.

- Isaac, cria Arnold, en enlevant ses chaussures. »

Un garçon de neuf ans aux yeux rieurs se présenta. Ses cheveux châtain clair étaient crépus, parsemés de quelques brins drus et raides qui déposaient, çà et là, leurs minuscules filaments lâches sur le haut de sa chevelure. Il tenait dans sa main, à peine dissimulées dans son dos, des lunettes roses de soleil pour bébé, sans verres.

« - Qui avait les lunettes en premier ? Demanda le père, laconique.

- Patricia, répondit-il d'une voix trainante, feignant les regrets.

- Rends-les-lui alors. »

En rendant les lunettes à sa sœur, les épais plis d'un sourire insolent firent remonter ses joues espiègles. Patricia lui rendit son sourire et tous les deux réconciliés partirent en courant vers leurs chambres.

« - C'est si facile à leur âge les réconciliations, souffla Arnold tout bas.

- Ne crois pas qu'à notre âge les choses soient plus difficiles, s'écria Kate, ceinte dans son habituel tablier à fleurs orange. »

Dans ses jambes, étaient accrochées deux autres filles de six ans, aux apparences très semblables.

Elle l'embrassa, son regard vif soustrait à la vue de son mari par ses paupières fermées de plaisir.

« Allez, viens manger, le repas est prêt, fit-elle en retournant vers la cuisine. »

Lorsqu'Arnold posa ses yeux sur ses jambes, ses deux jumelles s'y étaient accrochées. Il les saisit toutes les deux dans ses bras et les porta jusqu'à la table de la salle à manger.

Quand ce fut le moment du rituel du coucher des petits, Arnold embrassa ses enfants avec une foi retrouvée, loin de l'habituelle embrassade fatiguée de routine. En passant d'une chambre à l'autre, il croisa, deux ou trois fois, sa femme, alerte, le regard ailleurs et la chair marquée par de vifs stigmates de colère. Si donc il y avait encore en lui des traces de renoncement, il n'avait sûrement plus l'intention, devant l'expression farouche de Kate, de les suivre.

Arnold s'installa sur un fauteuil du salon, la tête jetée en arrière et le regard fixé sur la fresque peinte au plafond. Il contemplait les cheveux bien coiffés ondulant à peine de la femme représentant la République. Elle observait avec bienveillance ses enfants studieux, lisant ou écrivant, à ses pieds. Certains étaient debout, d'autres assis, mais tous avaient sur le visage la marque éveillée du savoir qui flamboyait de lumière.

L'avocat sourit amèrement à cette évocation naïve de l'existence, la femme se dédiant totalement et exclusivement à l'éducation et l'épanouissement des générations futures. C'étaient donc cela, pour le peintre, la seule vocation et la seule passion des épouses.

Cette fois-ci, ce tableau au thème généreux dépeignant une vraie poésie du don de soi qui l'avait tant indemnisé, dans le passé, des pertes de ses illusions morales, l'exaspéra. Brusquement, il releva la tête. Son regard buta sur celui de sa femme. Ses mains se rattrapèrent aux accoudoirs pour ne pas vaciller et trébucher sous le choc des yeux aux éclats durs de Kate. Les joues de celle-ci étaient piquées de rouge. Son visage s'était chargé de vapeurs hostiles qui paraissaient avoir atteint le stade de maturité qui fait tout exploser.

« Tu sais que j'ai quelque chose d'important à te dire, commença-t-il sur un ton détaché. Mais une bonne tasse de tisane de thym nous ferait du bien à tous les deux. Assieds-toi tranquillement, je vais aller les préparer, fit-il en souriant pour désamorcer la mine de colère tapie dans la chair de son épouse. »

Sans attendre la réponse de Kate, il se coula dans la cuisine. Il saupoudra de deux pincées de thym l'eau chaude qu'il avait mise à bouillir sur la cuisinière. Peu à peu, l'air s'alourdit d'une odeur moite et aromatique. L'eau de la tisane s'était troublée d'une teinte verdâtre et terreuse. Elle était remuée par de grosses bulles qui remontaient du fond de la casserole puis éclataient à la surface de la décoction. Arnold était immobile, le regard perdu sur cette solution en ébullition qui s'unissait si parfaitement à ses pensées.

Il déposa deux tasses blanches, fumantes de tisane sur la table du salon. L'une en face de Kate qui s'était entretemps assise les bras croisés et l'autre en face de la chaise voisine, où Arnold s'installa. Le corps et la tête ployés en avant, comme accablé par le poids d'une faute, l'avocat buvait sa boisson, sans regarder sa femme. Il la dégustait par petites lampées, doucement, comme s'il goutait à un met fin et rare.

« Toi qui d'habitude es si rétif à boire de la tisane de thym, c'est bien la première fois que je te vois l'apprécier autant, ironisa Kate devant les tergiversations de son mari. »

Le comportement d'Arnold lui semblait pathétique.

« La croyait-il si cruelle et si acariâtre ? Se disait-elle. N'avait-elle pas toujours pardonné ses oublis et ses fautes ? Avec quelques dures remontrances, certes, ajouta-t-elle à ses réflexions. Avait-il si peu confiance en elle pour hésiter autant ? »

Elle s'irritait de le voir si lourd et balourd, avec le regard obstinément dissimulé sous de confuses paupières à demi closes. Elle s'impatientait. Elle avait l'impression de contempler

Isaac lorsqu'elle lui demandait s'il était responsable d'une bêtise. Comme son père, il s'enlisait dans le silence, la tête penchée et lourde de culpabilité. Il fallait le secouer pour obtenir les aveux et la confession. Devait-elle utiliser la même méthode ?, pensa-t-elle. Sa face prit, malgré elle, la tournure malicieuse d'une mère attendrie par les absurdes dissimilations de son fils.

Sous le choc de l'expression ironique de sa femme, Arnold roula sur le côté un regard piteux et désolé. Ses yeux rencontrèrent, abandonné à la bordure du plancher, un fouillis de crayons de couleur, de livres de coloriage et de poupées décorées de traits colorés. Comme dégoulinant de ce cafouillis, deux ou trois taches jaunâtres et noirâtres marquaient le sol et le bas du mur.

«- Kate, s'écria-t-il, les enfants ont gribouillé le mur et le sol du séjour. Tu ne l'avais pas remarqué, continua-t-il heureux de trouver quelque chose d'autre à dire et à faire.

- Reste-ici Arnold ! dit-elle, impérative et cassante, alors que celui-ci s'était levé pour examiner les dégâts. Je m'en occuperai. Dis-moi enfin ce qui se passe pour qu'on en finisse, bon sang !, s'exaspérat-elle. »

Sous le coup de cette réprimande, l'avocat resta à sa place. Les yeux hagards, il répétait lamentablement : « Pour qu'on en finisse. » La remarque de sa femme, le regard enflé de colère, lui avait renvoyé dans l'échine des frissons de peur. « Il fallait bien en finir, de toute façon » se lamenta-t-il.

Tristement, le regard ombragé par le rideau de ses cils, il confessa :

« C'est moi, l'avocat de la défense dans le procès Botchen. »

Kate fut tétanisée. Elle secouait la tête doucement sans avoir l'air de comprendre. Sa poitrine lui paraissait lourde et oppressée. Il lui fallait de l'air frais, au plus vite. Elle se précipita à la fenêtre qu'elle ouvrit en grand. Un vent glacial hérissa ses joues de points rouges semblables à des pointes. Ce froid humide lui déchirait la chair comme son mari venait de le faire avec son cœur. Elle respira mieux, les poumons gonflés des rumeurs de la vie nocturne citadine. Elle jetait des regards absents sur les noctambules qui erraient encore dans la rue à cette heure-ci de fin de semaine. Les uns se pressaient vers les bars tandis que les autres déambulaient en couple, emmitouflés dans une étreinte chaleureuse.

Malgré le ciel étoilé et sans nuage, la lune pâle luisait de lueurs moites et humides. La face blême et lunaire de Kate reflétait une larmoyante déception, en dépit de la sécheresse de ses yeux.

Elle avait envie de hurler sa peine et sa déception depuis sa fenêtre, dans cette nuit faite de reflets jaunes ombragés, de se décharger, telle une louve, de toute sa détresse dans un cri mélancolique et morne déchirant d'impuissance. Pourtant, elle essaya plusieurs fois d'ouvrir la bouche mais son hurlement de colère fut vide, comme s'il avait été dévoré par sa cruelle désillusion. « Son mari, la personne en qui elle avait le plus confiance au monde jusque-là, allait défendre son ennemi, celui qui avait fait déporter et tuer son frère, son père et ses quatre grands-parents. Quelle trahison ! » Se dit-elle.

« Pourquoi ? Fit-elle d'une voix apaisée de douleurs, presque douce comme si cette décharge d'émotions avait tout aplani, ébarbé et poli chez elle. »

Elle regardait toujours dehors. Par une sorte d'empathie amoureuse, elle lui épargnait la douleur de voir son visage ravagé. Il y avait encore un noyau de tendresse en elle qui résistait au cataclysme de cette perfide traîtrise. Cette décision prise par son mari, elle en était convaincue, était le fruit de la maturation d'un cartésien et logique raisonnement.

« Parce que c'est mon métier. Je dois défendre tout le monde, c'est ma vocation. »

La réponse que lui donna Arnold lui fit serrer les dents, comme si son époux avait déposé une pincée d'épices sur ses blessures. Elle vacilla et perdit toute contenance. Elle se retint à l'encadrement de la fenêtre et baissa la tête pour reprendre haleine après le coup qu'il lui avait asséné.

Et elle se redressa. Elle se pencha contre le cadre, prise par des vertiges morbides. La vengeance et l'envie de faire mal à son mari par sa mort dans un désespoir éperdu la saisirent. La hauteur ne l'impressionnait pas. Le sol aux lueurs ocre et mélancoliques l'attirait.

Soudain Arnold comprit les pensées de sa femme. Il cria, affolé :

« Tes enfants Kate ! Patricia, Isaac, Clémentine et Marinel, ne les abandonne pas. Ne laisse pas Karl Von Botchen leur prendre encore un parent, s'il te plait, souffla-t-il exténué et horrifié. »

Les lèvres d'Arnold remuèrent encore des arguments inaudibles, sans voix, comme s'il était traumatisé par la réaction de son épouse. Sa langue était atone. Il était choqué par la décision que s'apprêtait à prendre Kate.

Les noms de ses enfants décongestionnèrent sa poitrine. Elle respira mieux. Le souffle de colère de son mari semblait lui avoir insufflé dans l'âme une nouvelle impulsion vitale. Elle devait vivre, se dit-elle, les poings hargneusement fermés comme un acte de résistance contre ceux qui voulaient faire périr et disparaître son sang. Sa vie ne lui appartenait plus à elle seule. Ses enfants par leur naissance en avaient loué une partie, celle nécessaire à leur épanouissement et à leur éducation. Ce bail prendrait fin lorsqu'ils auraient atteint l'âge de raison.

De quelques pas rageurs, elle s'éloigna de la fenêtre. Ses dernières idées suicidaires flambèrent dans sa rage de survivre pour les siens et pour son peuple. Elle ne disparaîtrait pas comme ça, elle se devait à ses descendants. Elle releva la tête pour contempler la fresque peinte au plafond. L'allégorie de la République, brillante et bienveillante, la dominait, belle et puissante telle un phare au milieu de ses doutes obscurs. Kate sourit d'un air complice.

Cette nouvelle résolution accentua sa colère et son amertume contre son mari. Celui-ci s'alliait donc à l'ennemi. Arnold, en fin de compte, n'était-il pas le fils de Berthe ?, pensa-t-elle. Cette femme qui depuis ses plus anciens souvenirs d'enfant s'était montrée hostile, retorse et adversaire irréconciliable. La flaque égarée revient toujours dans le giron de l'océan, songea-t-elle, philosophe. Son amour pour lui, ce puissant parfum d'attachement, avait masqué, se dit-elle, les perfides odeurs putrides qui devaient émaner du comportement égoïste de son mari.

Et comme elle médisait sur l'attitude de sa belle-mère et de son rejeton, un souvenir s'éleva du fond de sa mémoire. Après la dernière visite d'Arnold chez sa mère, tout avait changé. Depuis lors, son époux s'était montré étrange et singulier.

« Arnold ! Tu as toujours considéré Blume comme une mère, n'est-ce-pas ?, lui demanda-t-elle, la tête levée fixant toujours la fresque du plafond. »

Par une symétrie inversée à la position de sa femme, Arnold ne put que baisser le front, sans un mot. La honte faisait ployer l'avocat, le regard s'abaissant sur le sol, où ses motivations profondes, provenant de l'antre du passé, semblaient se dissimuler, tandis que Kate, les yeux levés vers le ciel, se dédiait à l'avenir de ses enfants, à cette recherche de l'épanouissement par les lumières de l'enseignement.

« Toi qui es si prolixe d'habitude, aujourd'hui, tu ne réponds rien, constata-t-elle, en regardant la posture affligée de son mari. Blume va témoigner contre Karl Von Botchen pendant le procès, poursuivit-elle en faisant peser son regard hostile sur les tempes d'Arnold. »

Un rire nerveux et morbide secoua le corps de Kate.

« Tu n'as même pas l'air surpris. Tu le savais probablement déjà. C'est vrai, ma mère et mon frère savent déjà tout sur ta nouvelle mission. Je suis la dernière avertie, dit-elle amèrement comme si elle réfléchissait tout haut. Donc en sachant cela, tu vas poursuivre ton travail. Lorsque Blume sera à la barre tu te sens capable d'effectuer un contre interrogatoire, de la mettre sous pression ? »

Malgré la fraicheur de la nuit qui s'infiltrait par la fenêtre ouverte, quelques gouttes de sueur perlèrent sur le nez d'Arnold. Il se repentirait probablement plus tard de ce qu'il faisait mais il se devait d'être honnête avec sa femme blessée et trahie.

«- Je ferai à ta mère un contre interrogatoire dans les règles de la profession.

- Si tu penses que les désirs de ta mère et sa haine contre moi justifient que tu deviennes mon ennemi, moi la mère de tes enfants, alors vas-y, si tu en as le courage.

- Kate, tu n'es pas mon ennemi, voyons, se lamenta-t-il. Tu te trompes. Je ne pense pas que ma mère m'a demandé de défendre Karl Von Botchen par haine contre toi. Ma famille a apparemment une dette envers lui, hésita-t-il.

- De quelle dette s'agit-il ? Penses-tu qu'elle soit plus importante que celle que tu dois à ta femme et à tes enfants ? De toute façon, tu n'as pas l'air de connaître la nature de cette créance, pas vrai ? Fit-elle en hoquetant d'un rire féroce.

- Intrinsèquement, ce travail ne lèse nullement tes intérêts. Néanmoins, ajouta-t-il rapidement pour désenfler le regard jaune de sa femme gonflée de colère, je comprends parfaitement ton irritation. En étant son avocat, cela ne veut pas dire que je suis son allié, voyons Kate. Je dois en quelque sorte juste m'assurer qu'il obtienne une justice impartiale et équitable, plaidait-il tranquillement, comme s'il était devant la cour.

- Si Karl Von Botchen était le négrier qui avait déporté le père de ton grand-père, l'aurais-tu défendu ? Lui lâcha-t-elle froidement. »

Deux profonds plis implacables et impitoyables éminçaient les joues de l'épouse outrée. Les os fins et pointus de son visage dardaient sous sa chair menue. Elle le bousculait brutalement, le rudoyait et lui faisait mal. Elle lui démontrait qu'elle aussi pouvait attaquer la mémoire douloureuse de ses ancêtres. Elle affligeait également ses lèvres plus qu'elle ne les mordillait. Sa colère enragée et endiablée n'épargnait rien ni personne.

« - La question ne se pose pas, Kate, puisque les miens contrairement à ta famille n'ont jamais eu la chance qu'on leur rende justice, répliqua-t-il, vexé qu'elle s'en prît à ses aïeuls. Ils n'ont pas été indemnisés de leur misère mais leurs bourreaux, par contre, l'état les a remboursés de la perte de leurs esclaves. Au moins, dit-il sur un air plus conciliant, vous aurez un procès.

- Apparemment, Maitre, fit-elle non sans ironie, vous avez retrouvé votre bagout et votre répondant. »

Un indiscret rayon de lune éclaira le visage pâle et anguleux de Kate. Tout semblait saillir de son corps : ses yeux enflés paraissaient sortir de ses orbites, ses incisives jaillissant de sa bouche balayaient ses lèvres frénétiquement, ses os anguleux tendaient l'épiderme de sa face, sa natte enroulée en chignon au-dessus de sa tête bombait ses anneaux dorés.

Arnold, en habitué de ses joutes oratoires au barreau, avait un visage apaisé. Le désarroi apparent ne hantait plus les replis de son visage. Seule, la fine crispation de ses narines, comme un reliquat de son angoisse passée, faisait encore vibrer son épiderme.

« - Arnold, comptes-tu renoncer à cette affaire ? Lui demanda-t-elle, posément, son regard acéré et menaçant fouillant et triturant celui de son mari.

- Cela n'est pas en mon pouvoir, Kate. Je me suis engagé auprès de ma mère à payer la dette que nous devons à cet homme. »

Pleine de dignité, elle le toisa lentement avec hauteur et mépris. De quelques battements de cils, elle lui signifia son congé comme s'il se fût agi d'un clapet de fin. Son regard se fixa sur la poignée de la porte du séjour. Elle allongea le pas jusqu'au seuil de la porte, sans regarder son mari. Elle conclut d'une voix lugubre et glaciale :

« Tu devrais fermer la fenêtre pour dormir. En cette saison les nuits sont froides seul dans son lit, dit-elle d'une voix sinistre et sépulcrale. »

La porte claqua alors que les pas de Kate se hâtaient déjà dans le couloir jusqu'à sa chambre à coucher.

Chapitre 7

La salle était trop bien insonorisée pour qu'on pût entendre les pas des visiteurs dans le couloir. C'était donc lorsque la porte s'ouvrait que l'on apercevait finalement par la fente, une fois béante, son avocat, drapé dans sa robe de justice à l'étoffe froide et sans éclat.

Il détestait être pris au dépourvu.

Dans le passé, dans son rôle de policier et d'instructeur, il avait apprécié surprendre ses victimes, ouvrir l'angle de leurs alibis ou de leurs mensonges à la cognée de l'étonnement. Sous ses coups, il les voyait vaciller, s'abattre puis se briser.

Avec la surprise, la pierre angulaire du vacillement psychologique, on obtenait tout, aimait-il à répéter à ses jeunes élèves : les aveux ou les confessions qui arrangeaient l'interrogateur, ajoutait-il en retroussant ses lèvres au-dessus de ses dents trop blanches.

Bien qu'il fût le client de son avocat et non pas sa victime, comme par un réflexe professionnel, il s'asseyait toujours en face de la porte. Seule une table à la teinte crème, sur laquelle il posait ses coudes, était placée entre lui et l'entrée. Penché en avant, sa tête déposée dans le creux que formaient ses mains jointes par les poignets, il attendait, sans bouger, jusqu'à ce qu'Arnold Fayat se présentât.

« Bonjour Maitre, vous avez passé une bonne nuit, demanda-t-il lorsque son avocat, la mine ravagée d'épreuve, pénétra dans la salle. »

Le visage fatigué d'Arnold réussit tout de même à saluer la remarque de son vis-à-vis par une moue de mépris.

Par un accord tacite, les deux hommes ne se serraient jamais la main. Karl Von Botchen accueillait souvent son défenseur avec une saillie ironique qui mettait à l'épreuve la résistance professionnelle du juriste. La déontologie de celui-ci ne l'empêchait pas de faire des gestes d'humeur ou des grimaces de dégoût qui réjouissaient le justiciable.

L'avocat toussa grassement en se tapotant doucement la poitrine avec le poing. Il avait attrapé froid cette nuit sur le canapé trop étroit du salon. Cela faisait quelques jours qu'il dormait là. A chaque nuitée, l'ombre du divorce planait lourdement sur son sommeil. Il dormait certes, mais le fardeau de la séparation paraissait l'écraser avec plus de force quand il était assoupi. Le matin, il se réveillait fourbu, le corps à plat et courbaturé. C'était le début du supplice matinal.

A chaque réveil, ses jumelles répétaient, inlassablement la même demande à leur père : « Papa, pourquoi dors-tu dans le salon ? » Le premier jour, pédagogue, il avait expliqué à ses enfants que les couples parfois traversaient des turbulences et qu'une fois l'orage passée, tout reviendrait en place comme avant. Patricia et Isaac l'avaient regardé avec effroi. Des parents de leurs camarades avaient plus ou moins fait le même discours à leurs progénitures avant de divorcer. Les deux ainés semblaient reconnaître les signes avant-coureurs de la catastrophe tandis que les plus jeunes s'efforçaient d'étouffer leur crainte par la même question matinale. Elles espéraient, par ce rituel enfantin et lassant, se rassurer sur leur avenir familial. En quelque sorte, ce harcèlement était la seule chose qu'elles pouvaient faire pour déranger leurs parents et les forcer à trouver une solution.

Adroitement dès le premier jour, Kate s'était animée de colère sous les premières étincelles de questions enfantines. Usant de son autorité maternelle, elle les avait envoyés harceler son époux, déposant la totalité de la faute sur les épaules du malheureux. Depuis lors, aucun d'entre eux n'avait osé interroger leur mère sur le conflit du couple.

Kate ne le saluait plus. Elle l'ignorait. Et lorsque les nécessités du quotidien les obligeaient fatalement à se parler, elle exigeait plus qu'elle ne demandait, elle commandait plus qu'elle ne conseillait, elle imposait plus qu'elle ne réclamait, en fin de compte elle abusait de sa colère et dominait leur vie.

Arnold fut épuisé par les questions des jumelles et le comportement de son épouse. Sa santé déclina. La fraicheur de la saison sembla s'installer dans ses bronches et ses poumons. Une toux chronique et vivace en fut le symptôme le plus bruyant et ses narines humides celui le plus visible.

« - L'hiver qui arrive parait avoir ouvert les vannes et déchainé ses cymbales dans votre gorge, Maitre, plaisanta Karl Von Botchen. Nos latitudes ne conviennent pas vraiment aux gens comme vous autres, ajouta-t-il de son air suffisant.

- Peut-être que cette pensée inconvenante ne convient pas d'être dite à votre défenseur si vous voulez qu'il soit efficace. »

Un rire jaune corroda la face du justiciable. Deux points rouges rouillèrent ses joues d'émotion. D'une voix éraillée et d'un regard de fer, il lança énigmatique :

« Votre efficacité est garantie par l'obligeance de votre mère, Maitre. »

Le terme était suffisamment ambigu pour titiller la curiosité et la prudence d'Arnold. Il y eut un puissant silence. Karl Von Botchen feignait l'indifférence. Il observait, avec une attention exagérée, un coin d'ombre isolé de la pièce que la lumière du jour pénétrant par la fenêtre étroite ne devait jamais aborder par manque d'amplitude et d'angle suffisant.

«- Cette pièce est comme l'âme humaine, dit-il songeur. Les gens, voyez-vous, sont toujours un peu bornés. Les connaissances et les lumières qu'ils acquièrent pénètrent dans leurs esprits étroits, mais elles n'arrivent jamais à éclairer les petits coins sombres de leurs consciences par manque de largeur d'esprit et d'angle de vue plus large. Mon rôle de policier est donc de débusquer ses pans obscurs et isolés de l'être afin de m'en servir au mieux.

- En faisant du chantage, c'est comme ça que vous procédez, n'est-ce-pas ? S'anima Arnold.

- Oh ! Quel mauvais terme, eut-il l'air de s'offusquer. Je préfère le terme anglais de Blackmail. Il s'accorde parfaitement à l'obscurité et à la noirceur de l'idée, ne trouvez-vous pas mon cher Maitre ? »

Les ailes du nez de l'avocat battirent frénétiquement. Il lui semblait qu'il avait été enfermé dans les nasses d'un piège dont il n'avait pas encore pris toute la mesure. Son regard survola celui du justiciable qui lova le sien dans les lueurs d'une expression absente. Tout-à-coup, l'œil d'Arnold se figea, son cœur s'ébranla. « Ce Karl Von Botchen vient d'insinuer qu'il fait chanter ma mère », se dit-il comme s'il s'était enfin posé sur le sol après un long vol à l'aveugle.

C'était donc cela les lacunes qu'il avait perçues dans le discours de sa mère quand elle lui avait demandé de défendre Karl Von Botchen. Les explications de Berthe avaient déclaré leurs limites lorsqu'il s'était agi d'aborder son secret, d'éclaircir un événement ou un acte dont elle était honteuse. Les premiers rameaux du passé familial avaient été élagués mais il restait encore une touffe drue de mystère qui épaississait la cime des faits.

Cette petite réflexion que Karl Von Botchen avait déclamée avec les accents philosophiques d'un vieux sage était en réalité une menace. Arnold n'en connaissait pas encore réellement la nature ni la force. Néanmoins, la magie du doute et celle des incertitudes jetées sur ce secret maternel le subjuguaient. Mu par une curiosité hypnotique, il tacha, par de prudentes phrases habiles, de savoir ce que son interlocuteur lui cachait. Malgré ses sortilèges de courtoisie et ses phrases charmantes, le bourreau de Noyles ne fut pas tenté par les polis maléfices de son avocat. Il ne dit pas un mot de plus sur le contenu de cette énigme qui empoisonnait l'existence de la mère d'Arnold.

Karl Von Botchen avait été enchanté par les traits de surprise qui avaient déformé le visage de son interlocuteur. Il avait su captiver l'intérêt de son vis-à-vis par l'étonnement. Il avait pris l'ascendant sur son adversaire, en le faisant vaciller, comme il en avait l'habitude. Par sa tirade à peine philosophique prononcée sur un air rêveur et détaché et par son silence ensuite, il avait facilement désorienté Maitre Arnold Fayat.

« C'est toujours ainsi, pensa-t-il en soupirant d'ennui devant les efforts de politesse déployés par son avocat pour obtenir les informations qu'il n'allait pas lui dévoiler tout de suite. Ces jeunes gens sont convaincus que par la courtoisie et l'excès de zèle ils peuvent tout obtenir. Qu'il me défende avec zèle alors, se moqua-t-il tout bas. »

Karl Von Botchen était fier de son art. Les attentions polies de cet homme qui avait été si rude avec lui le réjouissaient. Malgré son visage impassible et son regard absent, son esprit contenait avec peine cette jouissance du puissant sur le faible qui faisait chavirer son âme de joie. Il aimait voir ces hommes brillants et lettrés, barons en leur profession, se soumettre à son pouvoir de police. En dépit des années d'interrogatoires et de victoires, son cœur n'était toujours pas rassasié de ses triomphes.

A présent que son fougueux avocat paraissait dompté par le secret qu'il voulait connaître, Karl Von Botchen réorienta la conversation sur son dossier.

«- Maitre, dit-il avec humilité et une voix fluette, pour mon opération chirurgicale, qu'a décidé la cour ? Va-t-elle me permettre de me soigner l'esprit tranquille ?

- Ne vous inquiétez pas pour cela, Monsieur Von Botchen. Votre procès aura lieu après votre convalescence. Pour l'instant le juge n'a fixé aucune date mais les avocats des parties civiles ont accepté implicitement le sursis que j'ai proposé pour cause d'ennui médical.

 - Je vous remercie pour votre efficacité, balbutia-t-il d'un ton reconnaissant. »

Les humbles remerciements de son client n'affectèrent en rien le sens professionnel d'Arnold aux aguets. Ses tracas personnels et familiaux qui avaient rongé son esprit étaient oubliés pour le moment.

Il avait déposé sur la table une pile de dossiers dont chacun était lié par des rubans rouges noués par deux coquettes boucles.

« Voilà, ici, fit Arnold en posant la main à plat sur le tas de documents, vous trouverez les comptes-rendus des procès précédents menés contre des officiers accusés de crime de guerre et de crime contre l'humanité. Je vous invite à les lire attentivement. Cela vous sera très utile. »

Arnold déplaça le tout sur le côté. Il saisit le rapport qui était en équilibre sur le haut de la pile. Il y plongea son regard, le feuilletant nerveusement. Deux mèches de ses cheveux frisés, roulées en guirlandes, festonnaient la naissance de ses tempes. Elles battaient contre sa peau au rythme de ses mouvements saccadés.

«- Avez-vous pensé à votre ligne de défense ? Demanda-t-il sans lever la tête des minutes du procès.

- Je veux plaider non coupable, Maitre. »

Les deux mèches de cheveux de l'avocat cessèrent leurs battements contre son épiderme. Il croisa les bras en se penchant en arrière sur le dossier de sa chaise. Ensuite, il se leva de son siège et fit glisser, avec deux doigts, le document qu'il lisait sous le regard de Karl Von Botchen.

« - Regardez, Monsieur Von Botchen, il s'agit du compte-rendu du procès De Veer qui, comme vous, a été un rouage de votre entreprise funèbre. Il a plaidé non coupable lui aussi. Il a été exécuté… à l'époque où la peine capitale n'était pas encore abolie.

- Je ne suis pas responsable de tous ces morts. Moi, en tant que policier, j'ai juste obéi aux ordres. Je suis un patriote, Maitre. Je ne peux pas être condamné pour patriotisme tout de même.

- Qui doit être blâmé alors pour les millions de personnes qui ont péri dans les camps à l'Est puisque vos anciens chefs se sont suicidés pour la plupart ? Il faut que quelqu'un soit comptable de ces meurtres, Monsieur Von Botchen. »

Brusquement, il s'était levé en jetant sa chaise en arrière. La posture d'humilité du justiciable s'était durcie en une morgue de policier rétif et combattif. La force et la combattivité du bourreau aiguisaient le froid éclat de son regard en une lueur tranchante et menaçante. Une pâleur de linceul ensevelissait son visage dans des reflets spectraux. Sa bouche s'empâta d'une salive visqueuse, moussante et pâle qui écuma aux bords de ses lèvres.

Le sourire narquois et l'assurance de son avocat entamèrent sa colère. L'étonnement d'être considéré comme responsable de la mort de millions de personnes l'avait fait vaciller. « Mon avocat a du talent, songea-t-il. » Il ramassa sa chaise et essuya les bords de sa bouche en s'asseyant.

« S'il vous plait, Maitre, plaida-t-il d'un ton suppliant, en courbant sa tête dans ses mains. Aidez-moi, je ne sais que faire. Je me sens perdu dans la paperasse juridique de cette puissante administration judiciaire qui se déploie autour de moi. »

Arnold Fayat contempla cet homme, maitre tout puissant de Noyles pendant la guerre, saisi par la solitude et affaibli par l'impuissance.

« - Monsieur Von Botchen, répondit le juriste, dans votre situation, notre droit est clair. Les preuves que possède entre ses mains le procureur sont accablantes, selon nos lois. Pour avoir une chance de vous épargner la peine maximale, vous devez plaider coupable, poursuivit-il en rangeant le dossier qu'il lisait sur la montagne de comptes-rendus qui dominait le rebord de la table.

- Plaider coupable, répéta le justiciable comme pour s'assurer qu'il avait bien compris ce que son avocat lui avait dit.

- C'est bien ça, confirma Arnold, avec le ton froid que prenaient les agents de justice pour annoncer une sentence abominable à un accusé. »

Karl Von Botchen releva vivement la tête. Son visage était moulé dans le pli de colère qu'il avait déjà exposé devant son avocat avant sa demande désespérée d'aide.

« - A quoi me servez-vous ? hurla-t-il, le regard habité par un germe de colère d'où pouvait croitre un irascible déchainement de violence. Vous êtes le meilleur avocat de cette ville. Votre rôle est donc de garantir mon acquittement.

- Mon rôle, rectifia Arnold, est de vous garantir un procès juste et une peine équitable et conforme au droit de mon pays. Vous devriez vous estimer heureux, continua-t-il, que notre gouvernement n'ait pas utilisé les méthodes du votre pendant la guerre. Ce conflit, Monsieur Von Botchen, vous l'avez perdu. En tant que vaincu, vous êtes à la discrétion du vainqueur qui édicte ses propres règles. Profitons donc des avantages de l'état de droit pour vous éviter une lourde peine. »

La teinte du visage de Karl Von Botchen se colora en un rouge crépusculaire. Ses yeux se bridèrent comme crispés par sa violente contrariété. Ses pupilles dilatées disparaissaient derrière son rideau de cils. Son beau regard clair se réduisait, dans la fente étroite et comprimée de ses paupières, à deux petits points ardents comme des feux follets. Un brusque frisson fit battre ses tempes et naître, de-ci de-là, à la surface de son visage, de frétillantes risées nerveuses. Une fraicheur glaciale et agressive parut descendre de cette expression farouche et sournoise.

Soulagé, Arnold rangea énergiquement sa pile de dossiers dans son porte-document. La tête baissée, ses cheveux pendouillant devant lui, il ramassait brutalement les comptes-rendus des procès qu'il avait mis tant de temps à rassembler.

« - Mais, Maitre, que faites-vous ? Balbutia Karl Von Botchen, le visage apaisé et les rides immobiles. Une accalmie de douceur avait rosé ses joues et libéré son regard de ses paupières menaçantes.

- Il me semble que vous ne partagez pas mon point de vue sur votre ligne de défense, Monsieur Von Botchen, répondit Arnold, sans relever la tête et en accélérant sa besogne. Il serait par conséquent mieux pour vous de trouver un autre avocat qui serait en adéquation avec vos opinions.

- Vous vous trompez, Maitre, annonça-t-il d'une voix douce et rassurante. Je reconnais, concéda-t-il lestement, que j'ai défendu ma position avec beaucoup trop d'agressivité, mais vous devez me comprendre, ajouta-t-il conciliant, il s'agit tout de même de ma vie et de ma liberté qui sont en jeu dans ce procès. Maintenant je suis un vieillard, dit-il d'une voix chevrotante et étranglée. Les passions et les ressentiments de la jeunesse sont oubliés. Si je vous ai blessé ou offensé, je m'en excuse humblement, Maitre. »

Le juriste releva tristement la tête. Son regard ferme polit chaque pli du visage de son client, en balaya chaque recoin. Sur cette expression impavide, il ne débusqua ni grains de contrariété ni la plus infime fissure. Contrarié, il reconstitua la pile de dossiers sur le côté de la table. Il déposa rageusement, les uns sur les autres, chaque rapport.

Ses gestes étaient brusques et saccadés. Son regard irrité errait, sans complaisance, sur son vis-à-vis. Ce dernier souriait humblement, habitué aux colères intempestives de ses anciens chefs. Karl Von Botchen avait besoin d'Arnold pour sa défense. C'était le meilleur avocat de la ville, le seul en qui il pouvait avoir confiance. Les secrets qu'il connaissait sur le passé de la famille du juriste étaient sa meilleure garantie. Son défenseur le défendrait au mieux. En attendant, pour l'apaiser, il le laissait, tranquillement user sa colère sur ses dossiers.

Et ce fut le moment des insidieuses questions sur l'enfance et le passé policier de Karl Von Botchen pendant l'occupation. Avec une hargne et une brutalité sans scrupules, Arnold faisait descendre à son client l'échelle de la barbarie par des degrés de plus en plus précis. Le justiciable répondait froidement, détaillant avec minutie son travail pendant la guerre. Délibérément, il lui raconta tout : la traque des résistants, leur arrestation et leur interrogatoire. Il décrit également la rafle des sujets indésirables comme le régime d'alors aimait à nommer les déportés raciaux.

«- Saviez-vous à l'époque, l'interrompit Arnold, où

on emmenait toutes ces familles ?

- Ma foi, je n'en savais rien. Ma mission était de les arrêter et de les remettre à mes collègues occupant les territoires de l'Est. Voilà tout, mon rôle s'arrêtait là, s'emporta-t-il. Je n'étais qu'un simple policier avec des pouvoirs très limités.

- Monsieur Von Botchen, avez-vous des témoins de l'époque qui pourraient témoigner en votre faveur ?

- Ils sont soit tous morts ou soit en fuite, Maitre.

- Avez-vous épargné la vie de quelqu'un qui pourrait apporter un témoignage positif pour vous ? Insista Arnold.

- J'ai épargné votre vie et celle de vos parents, Maitre, lâcha-t-il lapidaire et concis. Votre mère Berthe pourrait donc venir m'aider à la barre, fit-il avec un sourire ironique et cruel. »

Arnold arrondit le dos, en baissant le front jusqu'à le poser entre ses mains accablées. Il se sentait affligé et las.

La lumière jaune de l'astre se baladait nonchalamment dans la pièce. Comme affectés par la position brisée d'Arnold, les rayons du soleil se concentrèrent sur ses épaules et parurent les lui réchauffer gentiment comme pour le consoler amicalement de son affliction.

Une lueur crémeuse et pâle entrait par les grandes fenêtres de la salle d'attente qui avait dû être dans un passé récent un petit salon discret où la maitresse de maison avait accueilli ses intimes. Malgré les quelques chaises et la table basse jonchée de feuilles de choux futiles et de magazines sérieux mêlés ensemble qui donnaient un air recueilli et professionnel au lieu, une cheminée éteinte et abandonnée trahissait l'antique caractère coquin et libertin de la pièce. Les sculptures intégrées dans son encadrement éclairaient les visiteurs sur la raison de la création de cet espace réduit.

En effet, des satires dénudés et des petits amours ailés nus au genre ambigu côtoyaient dans une farandole joyeuse des jeunes filles et garçons dévêtus. La petite troupe était sculptée dans la profondeur de la pierre alors que les guirlandes de fleurs qui liseraient leur fête avaient du relief et donnaient l'impression de sortir du cadre.

Sur le mur au fond de la cheminée, illuminée crûment par un projecteur, la sculpture d'un lit ancien avait été taillée en relief à même la pierre. Au-dessus de cet ornement, enfoncés violemment au burin par une main chaste, puritaine et jalouse, deux corps sculptés à moitié abimés et effacés exposaient leurs membres nus et leurs cous gras. Les bustes et les visages avaient été pulvérisés.

Paul Rothsberg aimait à raconter à ses visiteurs curieux que cette destruction était due à un mari trompé qui avait découvert, après la mort de sa femme, cette sculpture lors de travaux de réfection. Les ouvriers l'avaient découverte barbouillée de noir. Ils l'avaient nettoyée et restaurée. Le veuf, reconnaissant sur l'œuvre sa défunte épouse enlacée avec son jardinier, avait saisi le burin d'un ouvrier dans un accès de colère et s'était acharné sur la représentation adultérine avant d'assassiner son rival vieilli, rabougri et gâteux. Paul Rothsberg concluait son histoire en disant, sentencieux, dans un sourire pincé de gravité : « La jalouse vengeance ne connait pas de prescription. »

Blume s'était éloignée de Kate qui, le visage gracieusement grave, était restée debout, les coudes appuyés sur l'encadrement de la cheminée. La tête tournée sur le côté, son regard absent et rude se promenait le long de la farandole mythologique, sans vraiment essayer de comprendre ce qui s'y passait. Elle avait trouvé un exutoire pour s'épargner une explication houleuse avec Blume.

Depuis quelques jours, l'esprit d'analyse fin et léger de sa mère s'était éveillé. Celle-ci avait essayé de soulever à plusieurs reprises la question de la relation conjugale de sa fille. Cette dernière, avec une obstination féroce, avait éludé les demandes avec dédain et agressivité. Elle avait réclamé un peu d'intimité et avait fini par se fâcher et par moquer les idées fixes de sa mère.

La veille Kate avait prétexté une indisposition intime pour refuser d'héberger Blume chez elle. Sourde aux récriminations maternelles, elle l'avait déposée sèchement chez son frère. Le matin quand elle était revenue la prendre, des traces de contrariété poudraient encore de pâleur la face de sa mère. Elles étaient restées toutes les deux silencieuses jusqu'alors, sans se rapprocher l'une de l'autre, comme clouées chacune sur leurs positions respectives.

Blume avait desserré son étreinte autour de sa fille. L'entêtement et l'agressivité de cette dernière étaient de toute façon des indices éloquents. Kate savait pour son mari et elle ne lui avait rien pardonné. Aussi, refusait-elle toute intervention amicale pour les réconcilier. C'était son choix. Il fallait donc céder, donner du mou à son humeur d'entêtée, lui laisser du jeu pour qu'elle pût user ses nerfs dans ses enfantillages puérils, qu'elle appréciait tant, destinés à titiller la patience d'Arnold.

Dès que les deux femmes furent dans la salle d'attente, Blume s'écarta de Kate pour se conformer également physiquement à sa résolution morale. Elle s'arrêta en face d'une fenêtre qui donnait sur un parc aux feuillages nus, navrés par l'automne. Une large allée de graviers était pavée de feuilles mortes de bouleaux, d'érables et de châtaigniers roussies de décomposition. L'obscure cime des arbres paraissait dessiner un quadrillage sombre et morne sur la toile grisâtre des nuages. La terre noire et grasse, graissée d'eau, semblait s'être nourrie et engraissée de la pourriture de végétaux et de bois morts. La nature tombait en ruine, ravagée par la fraicheur et la carence de soleil.

Le retour de Karl Von Botchen avait enchâssé des perles d'angoisse dans l'âme de Blume. Le succès de son foyer, le trésor de sa joie qui l'avait enrichie de bonheur, lui semblait menacé par les secrets qu'incarnait à lui seul le Rabatteur de Noyles. Tout était friable et instable. Sous un battement de langue perfide et cruelle de Karl Von Botchen, sa famille pouvait se désagréger et s'ébouler. Tout son univers et son monde pouvaient entrer dans une lente et profonde agonie dépressive.

La porte blanche du cabinet, ciselée de dorures aux lueurs passées, s'entrouvrit. Une main fine et pâle était appuyée sur la poignée. Des éclats de rire complices s'échangèrent entre deux voix, l'une masculine et l'autre féminine. La main lâcha la poignée et disparut de l'entrebâillement de la porte. Elle était revenue à l'intérieur du bureau. Des chuts aux tons intimes succédèrent à des chuchotements contenus.

Paul Rothsberg apparut sur le seuil de son cabinet. Il ouvrit la porte toute grande comme pour indiquer, poliment, à son hôte que c'était le moment du départ. Une jeune femme posa sa bouche dans le creux de l'oreille de l'avocat en allongeant le cou. Ce geste fit sourire Paul Rothsberg.

« Vous avez raison Madame. Je suis tout à fait d'accord avec vous, fit-il comme s'il répondait à une remarque que son invitée lui avait glissée discrètement par ce mouvement intime. »

Les yeux bleus de la jeune femme s'allumèrent de malice. Elle réajusta sa coiffure et boutonna son manteau jusqu'à son menton en caressant le haut de sa poitrine dissimulé sous ses vêtements. Les deux intimes se saluèrent dignement. En regagnant la sortie, elle fit un froid signe de tête aux deux femmes qui patientaient dans la salle d'attente.

« Madame Blume Dostoski-Draskovic, s'il vous plait veuillez entrer, annonça Paul Rothsberg d'un ton grave et sérieux. »

L'avocat avait accroché sur son visage son étiquette de gravité qu'il faisait pendouiller avec effort sur sa face juvénile et espiègle lors de rendez-vous professionnels importants.

« Asseyez-vous mesdames, continua-t-il quand il vit ses deux nouvelles invitées rester debout au milieu de son bureau, en attendant ostensiblement son signal pour s'asseoir. »

Les regards des deux femmes furent troublés par l'aspect chaotiquement froissé d'un tissu d'ameublement drapant un large canapé. Sur tout son long, l'assise était enfoncée. Elle semblait avoir encaissé de passionnés coups de butoir au quart de sa longueur. Fièrement Paul Rothsberg se rengorgeait, il parut répondre au trouble de ses hôtes :

« Oh ça, dit-il en souriant légèrement comme s'il se fût agi d'un détail insignifiant, c'est Madame la présidente de la chambre de commerce qui est venue me rendre une petite visite matinale. »

Le titre ou la position du mari avait une valeur importante aux yeux du jeune avocat. Pour lui, le grade et la profession de l'époux occupaient une place primordiale dans son attirance pour une femme. Il ne manquait jamais lorsqu'il rencontrait une personne pour la première fois de s'informer du nom et du travail de celui qui partageait sa vie. Bien-entendu, il écartait donc de ses désirs les célibataires, les veuves et les épouses de gens de peu.

Lorsque ces dames se furent assises, Paul

Rothsberg demeura debout, les poings sur les hanches, les dominant toutes les deux. Sur l'expression de son visage planaient l'interrogation et l'étonnement. La position au-dessus d'elles de l'avocat dérangea Blume qui répondit à la question muette et pleine de hauteur de son hôte.

« Il s'agit de Kate Fayat, ma fille, Maitre. »

Frappé de surprise, le juriste s'écrasa sur sa chaise. La réponse de sa cliente avait abattu sa hautaine suffisance masculine de séducteur.

« - Etes-vous liée de près ou de loin avec Arnold Fayat ? Demanda-t-il en s'adressant à Kate.

- Ma fille est sa femme, répondit fièrement Blume. »

Un flot d'intérêt ramena ses manies de séduction. L'étonnement qui l'avait frappé s'y coula et disparut de son expression.

« Bien, fit-il simplement, en ouvrant un dossier déposé sur son bureau. Madame Blume Dostoski-Draskovic, voilà l'enquête que j'ai constituée sur vos proches, continua-t-il en disposant le document qu'il venait de feuilleter en face des deux femmes. J'ai récupéré toutes les archives concernant votre famille que l'occupant n'avait pas brulées. Je vous en prie lisez-les et dites-moi si vous avez d'autres précisions ou informations à y ajouter. »

Blume et Kate se serrèrent l'une contre l'autre en se penchant sur le froid dossier qui décrivait les derniers mois et les ultimes jours de leurs parents disparus. Par une élégante pudeur, Paul Rothsberg se leva et déposa discrètement une boite de mouchoirs jetables près de ses hôtes. Il se retira en face de la grande fenêtre de son bureau, en leur tournant silencieusement le dos.

Tout au long de leur lecture, ce furent la retraite et la débandade de l'animosité qu'elles avaient éprouvée jusqu'alors l'une contre l'autre. Elles s'étaient peu à peu timidement recroquevillées. Sans vraiment savoir qui avait fait le premier mouvement, elles s'étaient prises par la main comme pour faire face ensemble à cette épouvantable cruauté qui les frappait individuellement. Seules dans leurs pensées, elles imaginaient l'horreur.

Eprouvées et essoufflées par l'épreuve, leurs âmes s'alourdirent d'amertume. Celles-ci se déchirèrent en une bruine de larmes qui se déversa doucement sur leurs chairs grisées de chagrin. Comme si elles avaient oublié la présence pudique de l'avocat qui s'était retiré devant la fenêtre, le regard allégé dans un songe végétal, les deux femmes se retenaient l'une à l'autre en s'embrassant et en s'étreignant.

Les sanglots et les gémissements entrecoupés par des bruissements de mouchoir furent comme autant de sirènes qui marquèrent la fin de leur lecture.

En habitué de ces scènes intimes, Paul Rothsberg resta à sa place. Il demeurait immobile jusqu'à ce que ses clients l'appelassent eux-mêmes. Il y avait dans cette immobilité sereine et paisible quelque chose de réconfortant et de mystique pour les proches des victimes. C'était un recueillement à valeur presque religieuse qui les apaisait aussi efficacement qu'une prière. Ils leur semblaient que l'avocat comprenait leur désarroi et qu'il serait leur meilleur intercesseur devant la cour de justice.

« Maitre, l'interpella Blume, sa main agrippant l'avant-bras de sa fille, nous n'avons rien à ajouter à votre dossier. Il est complet. Vous avez fait du bon travail. »

Le corps de Paul Rothsberg s'était dégarni de ses oripeaux de séducteur et de sa suffisance de bellâtre. Une émotion brute, épurée de convenances, s'élevait de son apparence. C'était un homme aux yeux rougis, au cou raccourci et à la tête chancelante entre des épaules branlantes qui revint vers les deux femmes. Un bouquet de larmes vacillait dans son regard. De fines ondulations nerveuses éraillaient le tissu de son épiderme. Malgré lui, elles ouvraient des échappées indiscrètes sur la profonde sensibilité de son âme. Il tenta de se donner maladroitement une nouvelle contenance en rapiéçant son expression par des sourires peu convaincants et par un recul professionnel hésitant.

« Je suis né après la catastrophe, sembla-t-il dire en s'excusant. Il rattacha son regard au dossier posé encore entre les mains crispées de Kate. En tant qu'avocat, poursuivit-il, je voulais mettre mes connaissances juridiques aux services de mes coreligionnaires, victimes de cette barbarie. C'est le moins que je puisse faire, conclut-il sur un ton de sincère culpabilité. »

Il récupéra le document des mains de Kate, en inclinant pieusement son regard comme s'il rendait hommage, de cette façon, aux proches de ses clients disparus.

Il avait individualisé chaque victime dans un classeur distinct. Il souhaitait, par ce moyen, rendre chaque cas particulier. Il avait refusé de les relier tous ensemble dans un dossier volumineux et encombrant, à l'apparence chaotique et peu ragoutante. Dans un souci d'efficacité, il adhérait à la mutualisation des plaintes mais il détestait la collectivisation de la douleur, comme il aimait nommer avec dédain les rapports de justice trop épais qui étaient si courants au palais. Chaque décès était une souffrance qui nécessitait un soin spécial et distinctif.

Paul Rothsberg escalada une échelle apposée à une bibliothèque s'étendant du sol au plafond. Il déposa le compte-rendu de son enquête concernant la famille de Blume dans une fente ouverte dans un mur de dossiers alignés sur une large étagère. Sous elle et au-dessus, c'étaient des blocs massifs de classeurs aux couleurs bigarrées dans chacun desquels le récit d'une fin d'existence nidifiait.

Lorsqu'il redescendit, Paul Rothsberg considéra cette immense masse de documents, ce blockhaus de souffrance qui se déployait et protégeait l'avocat contre l'oubli de cette imposante catastrophe. Son cœur se corrompit de compatissante détresse sous sa bure de séducteur frivole et désinvolte.

Dès qu'il se tourna vers ses hôtes, un sourire avenant avait éparpillé l'ombre de tristesse qu'avait semé sur son visage la contemplation de ses malheureuses colonnes de mémoires.

« Madame Blume Dostoski-Draskovic, dit-il en lui tendant sa carte de visite, si un détail vous revient que vous aimeriez communiquer à la cour avant le procès, appelez-moi. »

Et, se tournant vers Kate, il déposa, sur la table devant elle, sans un mot, la même carte de visite en dérobant délicatement son regard. Il releva la main et la laissa en suspens, ouverte devant l'épouse de l'avocat de la défense.

« - Au cas où j'aurai besoin de vous joindre, avez-vous une carte de visite ? Demanda-t-il à Kate quand il vit qu'elle n'esquissait aucun geste en face de sa main levée.

- Je suis à la retraite, s'interposa Blume, je n'ai pas de carte de visite. Par contre, je peux vous inscrire mon numéro de téléphone sur une petite feuille de papier.

- Evidemment, poursuivit Paul Rothsberg en maintenant obstinément sa main sous le regard de Kate, mais je me dois d'insister. Au vu du nombre de plaignants constituant la partie civile, une carte de visite est bien plus facile à gérer et à conserver. Celle de votre fille serait parfaite, s'obstina-t-il.

- Ma fille est juste venue m'accompagner. Elle était bien jeune à l'époque des faits. Ce n'est pas la peine de la tracasser avec ces vieilles histoires.

- Maman ! Maitre Rothsberg a raison, céda Kate, si tous les plaignants du dossier Botchen lui laissaient leurs numéros de téléphone sur des feuilles de papier volantes, les choses deviendraient vite difficiles à gérer. Voilà ma carte Maitre, dit-elle en la lui déposant dans la main qu'il lui avait tendue depuis un moment.

- Merci, fit-il en la lisant avidement. »

Un bref sourire suspect, aussi vif qu'un saut de joie, fit monter et redescendre rapidement le coin de ses lèvres. Son regard traina encore un instant sur la carte de visite de Kate comme s'il calculait mentalement une action et sa probabilité de réussite.

« Bien, fit-il en mettant les coordonnées de Kate

dans une poche intime serrée dans son porte-feuille, d'où il avait retiré une carte de visite à l'entête de laquelle les deux femmes reconnurent le logo de la chambre de commerce. Avez-vous d'autres questions ? »

Blume parut hésiter. L'obsession d'une inconvenance intime la retenait. Brusquement, comme abattue, sa question tomba et trancha son indécision.

« Connaissez-vous la date du procès ? Demanda-t-elle sans un regard pour sa fille comme si elle regrettait déjà son audace. »

Paul Rothsberg ne laissa paraître aucun sentiment. Il était impassible. C'était la première fois depuis le début du rendez-vous que l'avocat était froid d'émotion. Ce contraste étonnant rendait son impassibilité plus profonde et équivoque.

« - L'avocat de la défense, répondit-il en rangeant son bureau avec des gestes vifs et une lueur sinistre incrustée dans les pupilles, a demandé le report de l'audience jusqu'à ce que Karl Von Botchen ait terminé sa convalescence, annonça-t-il en étant certain que ses hôtes n'ignoraient rien de la maladie de l'accusé. Donc le procès ne devrait pas commencer avant quelques mois.

- Merci Maitre, dit simplement Blume en prenant congé de son avocat. »

Cette sobre reconnaissance ambiguë fut saluée par un gracieux hochement de tête de Paul Rothsberg qui les reconduisit toutes les deux jusqu'au seuil de la salle d'attente, où attendait un couple d'âge mûr, attendri par l'étreinte de leurs deux enfants. Une salve de saluts dignes et tristes fut échangée. Elle sembla honorer, dans un recueillement plaintif et une communion de douleur, l'entrée des quatre nouvelles personnes et le départ de Blume et Kate.

« Allons faire un tour dans le parc si tu veux bien Kate, murmura légèrement Blume, en fixant son regard déchiré de peine sur la face tendue de son enfant. »

Elle inséra sa main entre l'avant-bras et la taille de sa fille. Elle cella le maillon en posant sa paume sur son cœur. Elle observa émue les deux anneaux que dessinait la forme de leurs bras comme deux chainons d'affection qui les enchainaient l'une à l'autre. Cette chaine d'amour si abstraite lui avait été réellement indispensable pour vivre après l'horreur de la perte de ses proches.

Même si Kate avait été trop jeune à l'époque de l'occupation pour s'en rappeler complètement, elle aussi était une survivante de la catastrophe. Elles avaient traversé l'épreuve et survécu ensemble. Cette expérience commune de l'effroi était un sceau indestructible qui consolidait celui du sang et des gênes.

Le parc était un charnier de bois morts gisant sur le sol et d'arbres exposant leurs squelettes polis de feuillages. Les feuilles toutes par terre ne s'égouttaient déjà plus des branches meurtries par le vent automnal. Des plaques de mousse, aussi denses que des caillots de sang coagulés, étaient collées, çà-et-là, le long des troncs. Des corbeaux, aux plumages de deuil, avides d'aubaine, grattaient de leurs pattes et remuaient de leurs becs la végétation en décomposition. Des lambeaux de feuillages, mélangés à la terre, étaient retournés et enroulés sans ménagement. Les oiseaux picoraient et troublaient la paix du lieu en poussant des cris stridents et rauques.

Enrichi de feuilles mortes, l'humus, répandu sur le sol, avait des éclats de bordeaux sanguin, d'un rouge sang vieilli et oxydé à l'air libre. Les pieds des deux femmes s'enfonçaient dans cette chair terreuse et molle qui s'agglutinait aux chaussures et souillait leurs souliers.

Kate lâcha le bras de sa mère. Elle se courba légèrement en posant la main sur un tronc fissuré. Elle semblait en examiner la fissure, d'où la sève avait suinté avant de se durcir. Elle était immobile. Elle patientait comme si elle attendait la question de sa mère pour vomir son excès d'aigreur sur cette nature morte.

« Kate, implora Blume en allant au-devant du désir de sa fille. Dis-moi ce qui te tracasse. Je suis là pour t'écouter. Eclate si tu le veux, mets-toi en colère. Allez, ma chérie, fais-le, fit-elle en s'approchant d'elle. »

Kate frappa brutalement le sol de son pied. Elle serra le poing. Elle jeta à sa mère un regard désespéré et impuissant, où le fol désarroi brulait sa raison et l'ossature de son entendement.

« - Maman, voyons, s'écria-t-elle folle de déception, Arnold est le meilleur avocat du barreau. C'est mon mari, ton gendre, le beau-frère et le petit fils des disparus, c'est lui qui aurait dû être ton avocat. C'est lui, dit-elle avec une violence terrible, qui aurait dû te représenter dans cette affaire. C'est lui qui aurait dû tenir notre main et nous enlacer dans cette épreuve. Il m'a trahie. Il nous a trahies, maman, répétait-elle au milieu de ses sanglots.

- Kate, tu dois savoir… commença doucement Blume.

- Que dois-je savoir ? S'emporta-t-elle que mon mari soutient sa mère contre moi, c'est ça. Non maman, ne le défends pas cette fois-ci, s'il te plait. Je ne le supporterai pas. »

Blume retint donc ses paroles et cette vérité qui lui irritaient l'âme et l'esprit depuis des années. Le drame ayant précédé sa naissance et celui de l'occupation, sa fille n'était pas encore prête à les entendre. Néanmoins, songea Blume, le moment de les lui raconter approchait. Elle baissa la tête embarrassée pendant que sa fille s'écriait, le regard dilaté sur le paysage autour d'elle :

« Arnold, puisque tu m'as blessée et trahie, je me vengerai, hurla Kate comme si elle s'adressait à son mari. J'ébranlerai tes certitudes et je te ferai plier, mon amour. »

Ce dernier mot sonna si lugubrement comme fêlé et vide de chaleur affective que Blume releva brusquement la tête, effarée et inquiète.

« Qu'as-tu dans la tête Kate ? S'alarma Blume. Ne fais surtout rien que tu pourrais regretter par la suite, ajouta-t-elle en observant la silhouette de Paul Rothsberg qui paraissait ombrager l'encadrement d'une fenêtre de son cabinet. »

Chapitre 8

C'était de ces après-midi d'automne, où la douceur printanière semblait parfois s'égarer et perdre le nord en se trompant d'hémisphère. En quelques jours, la fraicheur automnale avait cédé aux caprices et à la légèreté de ce printemps fripon et facétieux. Le ciel était azur. Seuls, de temps en temps, de fins nuages blancs paraissaient flâner en glissant sans but, isolés sous cette voute céleste plane et sans relief.

Les citadins se promenaient sur les trottoirs, envahissaient les cafés et occupaient les terrasses qui se répandaient à nouveau sur la chaussée. Un bruissement de voix joyeuses et une risée d'éclats de rire printaniers s'étaient saisis des rues.

Toutefois, de temps à autre, un vent froid aux rigueurs hivernales troublait la fête de ses rafales âpres et austères.

Deux convives, assis à une table installée sur le trottoir du café du pénal, se levèrent brusquement comme fouettés par une de ces manifestations hivernales. Ils réajustèrent leurs cols autour de leurs cous. La femme abandonna quelques pièces sur une feuille imprimée posée dans une soucoupe blanche. Elle saisit son sac et rejoignit son compagnon qui se trouvait déjà un peu plus loin. Ils défilèrent en silence devant les flâneurs attablés sur la chaussée. Ils échappèrent à la vigilance de ces curieux installés en terrasse en tournant au coin de la rue menant au quartier des affaires juridiques.

Des grappes de plaques sombres gravées d'or noircissaient le pied des façades de ces imposantes maisons bourgeoises aux teintes de craie. La plupart des avocats, juristes et notaires de la ville avaient une adresse ou même un réduit miteux à cette avenue. Il n'était pas rare que les litiges et les contentieux entre les parties se réglassent à l'amiable autour d'une table d'un café situé dans une des rues perpendiculaires. Certains tenanciers de ces bars faisaient donc office pour ces messieurs et ces dames de juge de paix. Chaque branche du droit avait ses habitudes dans un débit de boisson particulier et elle n'en changeait jamais, à tel point que peu à peu cette coutume s'était imprégnée sur le nom des établissements. Il existait le café du pénal, celui des mœurs, celui du civil et bien d'autres encore.

La femme aux cheveux ras et grisonnants avait une vue déclinante rectifiée par de grosses lunettes rouges qui dévoraient son visage d'une expression sérieuse et rude. Son nez, à la pointe plongeante, penchée en avant et aux ailes retroussées, comme prêt à fondre sur les obstacles, lui donnait des airs combattifs et volontaires. Son corps frêle et sec se noyait dans un large manteau noir aux pans flottants et à l'étoffe fluide. Elle avait passé le bras autour de la taille de son mari. Elle jetait sur la rue des regards francs et amicaux pendant que son époux dissimulait le sien derrière son front baissé et ennuyé.

Il semblait se laisser porter par la volonté de sa femme, abandonné à sa discrétion, dandinant de la tête et des épaules, comme ballotté par le roulis d'une force plus puissante que lui. Il portait de petites lunettes blanches qui avaient glissé jusqu'à venir buter sur son bout de nez élargi. Accrochée à un tissu rouge, une médaille du mérite argentée, aux branches découpées en étoile coiffées d'une couronne de lauriers sculptée, battait nonchalamment contre son complet bleu. Sa cravate bleue rayée de rouge s'était libérée de de sa veste de costume et virevoltait au rythme de sa démarche résignée.

Il passa sa main sur sa nuque et caressa le peu de cheveux qu'il lui restait. Son front ample et vorace paraissait avoir gagné du terrain sur sa chevelure dégarnie au sommet de son crâne.

« Simone, fit-il d'une voix fluette et hésitante, en essayant de freiner le pas déterminé de sa femme, tout de même, ne crois-tu pas que l'on devrait plutôt reconsidérer notre décision ? Les choses risquent d'être plutôt compliquées avec les autres. »

Sans un mot, Simone accéléra en desserrant légèrement son étreinte autour de la taille de son époux. Elle le sentait se dérober en glissant le long de son bras. Elle le laissa se dégager, sans un geste ni une parole pour le retenir.

« - C'est comme tu veux Claude, alors j'irai toute seule, lui dit-elle lorsque son époux se retrouva à quelques pas derrière elle.

- Attends, voyons, ne va pas si vite. Nous pouvons encore en discuter, lui lança-t-il en la rattrapant.

- Mon point de vue est clair et très simple, Claude. Je ne céderai jamais devant la pression. Nous avons nos droits à faire respecter et nul ne m'empêchera de le faire. Cela fait plusieurs décennies que nous sommes rentrés en résistance contre l'oppression et l'arbitraire, je continuerai jusqu'à la fin de ma vie. »

Claude baissa la tête, honteux. Sa femme, si frêle avec ses épaules menues et son ossature fragile, possédait une force de caractère si développée et pesante qu'elle lui semblait pouvoir faire plier le monde à sa volonté, si elle l'avait décidé. Elle allait le porter jusqu'au bureau de l'avocat malgré ses réticences et ses réserves. Il se tut et se laissa emporter par la détermination de sa femme dont l'intensité se coulait dans sa démarche vive et dont l'amplitude stimulait son rythme nerveux.

Claude regarda à la dérobée le profil de son épouse. Il chercha à saisir en vain le regard de

Simone que celle-ci avait enfoui dans une expression absente et songeuse. Ses pupilles paraissaient s'enfoncer dans l'arc inférieur de ses globes oculaires dentelés de rides. Découragé, Claude renonça à ses œillades complices. Il pinça ses lèvres et baissa la tête. Il rattrapa la pointe de sa cravate au vol. Il la cala fermement sous la veste de son complet croisé en soupirant d'impuissance.

Une voix féminine à l'interphone leur déverrouilla une grille noire cadenassant l'accès d'une galerie dont le plafond en ogive soutenait les quelques degrés de pierres et de mortiers qui s'élançaient au-dessus. Ils débouchèrent sur une petite arrière-cour circulaire plutôt sombre sur laquelle se penchaient de pesantes et volumineuses loggias taillées en pleines pierres. Se sentant minuscule et écrasé par ces puissants balcons pendants d'un bloc dans le vide, le couple se précipita à l'intérieur du bâtiment. Dans la précipitation, la porte de l'immeuble cogna, à toute volée, contre le mur attenant à ses gongs dans un bruit grave et sec.

Pris dans le champ d'une lumière artificielle crue et froide, ils grimpèrent un escalier en colimaçon qui s'enroulait en ellipse autour d'un pylône cylindrique en courant le long des étages. Une fois sur le palier du troisième étage, ils s'arrêtèrent devant une entrée, où il était écrit : « Prière d'entrer sans sonner. »

« Comme c'est écrit, on y va sans s'annoncer, lança Simone, sans se retourner vers son mari, en ouvrant la porte. »

Une femme exagérément maquillée, aux cheveux noirs et au visage encrouté de fond de teint, les introduisit directement dans le cabinet de son patron.

« Maitre Orer ne va pas tarder à vous recevoir, leur dit-elle en refermant la porte derrière elle. »

Une petite femme pétillante en habit de deuil prit le relais de la secrétaire.

« Ah vous voilà enfin, vous deux, fit-elle en accourant au-devant des deux nouveaux arrivés. Simone, tu as réussi à ramener ton mari, bravo ma vieille, ajouta-t-elle à voix basse et en fouillant amicalement le creux de la taille de son amie avec son coude. Je n'en pouvais plus avec la froideur de ces messieurs-là, dit-elle en désignant, ouvertement du doigt et avec dédain, un groupe de six hommes en complets noirs et aux visages graves d'intrigants.

»

Quatre de ces messieurs occupaient chacun un fauteuil, les bras et les jambes croisés, dans une attitude d'ostensible hostilité. Les deux autres étaient debout, accoudés dos à la fenêtre, les regards dédaigneux.

Simone et Claude suivirent la veuve qui les éloigna des six autres en les emmenant de l'autre côté de la pièce. Là, courbés les uns vers les autres, ils s'entretinrent à mi-voix à la manière de conspirateurs cernés d'ennemis.

« - Albertine, cela fait combien de temps que tu es là à regarder la bande des six en chien de faïence ? Demanda Claude en observant plus particulièrement les deux individus près de la fenêtre.

- Depuis bien trop longtemps, se lamenta-t-elle. Je me suis sentie bien seule avec ceux-là, dit-elle en jetant une moue dédaigneuse dans la direction des six hommes aux mines patibulaires. Ils n'ont pas échangé un seul mot entre eux. Tu sais, Claude, même quand on était dans le maquis, on avait l'impression qu'ils s'exprimaient avec les yeux.

- A l'époque, c'était utile, mais aujourd'hui, cela est

un petit peu démodé, intervint Simone, en parlant un ton plus haut pour être entendue par tout le monde. »

Six regards durs et froids tombèrent sur Simone qui les encaissa en exposant un sourire espiègle et un corps roide de défi. Elle sembla apprécier ces œillades et ces éclats enflammés de rancune.

« Tu n'as rien perdu de ta morgue, Simone, fit l'un des deux hommes à la fenêtre. Ton culot te colle toujours au cul malgré que ce dernier ait beaucoup décliné ! »

Les joues des six hommes se gonflèrent, leurs épaules se soulevèrent, leurs bouches s'élargirent, les coins de leurs lèvres se déployèrent. Ils hurlaient leurs ricanements sans quitter leurs faces lugubres de comploteurs.

« Rigobert, ne parle pas comme ça à ma femme, s'écria Claude qui s'était avancé terrible et menaçant vers la bande des six. »

Les quatre qui étaient assis jaillirent de leurs sièges, en ligne, raides et au garde à vous. Les deux autres s'étaient aussi redressés et s'étaient alignés près de leurs camarades.

Albertine et Simone retenaient Claude en arrière par le bras.

«- Laisse tomber, lui disaient-elles toutes les deux, tu sais très bien que cela ne les dérange pas de se battre à six contre un. Ces gens ne se sont jamais embarrassés de scrupules pour atteindre leurs objectifs.

- Nous, au moins, répondit celui qui avait été à la fenêtre à côté de Rigobert, nous ne sommes pas des traîtres à la nation. Nous n'avons jamais soutenu les groupuscules terroristes, ennemis de l'état. Nous avons toujours servi le pays avec abnégation et passion.

- Laurent, tu as oublié d'ajouter à ta profession de foi nationaliste le mot cruauté, lui lança Albertine. Tu as fait ton devoir en utilisant la torture et la brutalité ! Ce n'étaient pas des terroristes mais des jeunes hommes et des jeunes femmes qui se battaient pour la liberté et contre l'oppression d'un gouvernement colonial et bestial qui leur refusait la citoyenneté. Ils ont résisté comme nous tous ici présents l'avons fait contre l'occupant pendant la guerre.

- Nous avons résisté contre un envahisseur

étranger, s'emporta l'un des quatre qui étaient assis à l'arrivée de Simone et Claude. Nous n'avons pas combattu notre propre gouvernement élu démocratiquement comme vous l'avez fait pendant les guerres qui ont vu la fin de notre empire colonial et le recul de notre puissance.

- Fabien, c'est toi qui parles de démocratie, répliqua Simone, hors d'elle, les yeux révoltés et le front indigné. Le statut d'indigénat établi par la métropole était inique et déniait à la plupart des colonisés le droit de vote et la citoyenneté à part entière. Là-bas, la République n'existait pas. Une oligarchie ethnique et raciale était au pouvoir. Ici, j'ai résisté contre les lois raciales de l'occupant. Je l'ai également fait dans les colonies contre celles érigées par mon propre pays. Je garde ma cohérence. Vous autres six, pendant les guerres de décolonisation et de liberté, vous vous êtes comportés comme des Karl Von Botchen, tortionnaires et assassins.

- Comment oses-tu Simone nous comparer à cet homme qui a envoyé plusieurs de nos camarades, frères et sœurs à la mort ? Demanda outré le voisin de Fabien. Tu blesses en disant cela leur mémoire et leur sacrifice. Nous avons combattu pendant l'occupation une dictature occupante alors que notre gouvernement était légal dans ces territoires d'outre-mer.

- Pierre, répliqua Claude, c'était la légalité de la canonnière et de la poudre et non pas celle du vote et de l'adhésion. De plus, en parlant de légalité et de traitrise, vous êtes mal placés pour faire la leçon. Il me semble que vous avez participé de façon active et violente à la tentative de coup d'état de l'armée contre notre gouvernement de l'époque, légalement élu.

- Nous n'avons jamais trahi le peuple, se justifia Pierre. C'était ce gouvernement d'alors en octroyant un référendum d'auto-détermination perdu d'avance qui avait abandonné ses propres ressortissants.

- C'est tellement commode et facile de rejeter la démocratie et le choix de la majorité quand elle n'est pas en accord avec vous, rétorqua Simone. C'est exactement de cette manière que se comportent les états autoritaires.

- Depuis leurs indépendances, intervint Rigobert, sur un ton calme, ces pays sont-ils démocratiques ? Jouissent-ils d'une prospérité et de la liberté chérie ? Ne viennent-ils pas chez nous dans l'ancienne métropole pour accéder à une meilleure vie et jouir de nos libres institutions ? Ces hommes et ces femmes de la liberté comme vous aimez à les appeler, vous trois, n'étaient pas autre chose que des embryons de dictateurs et des manipulateurs de Grands Idéaux qui ont montré leur véritable visage une fois l'indépendance acquise.

- Tu as raison Rigobert, acquiesça Albertine, beaucoup de ces indépendantistes ont établi des dictatures aussitôt que les accords d'indépendance ont été signés, mais cela excuse-t-il pour autant les actions de notre République chérie qui avait égaré ses principes de liberté et d'égalité devant la loi en franchissant les océans et les déserts ?

- Albertine, fit Rigobert en se retirant à reculons vers la fenêtre, tu n'as pas changé. Au débat politique, tu as toujours su imposer le dernier mot de la fin, dit-il avec un sourire équivoque, où se mêlaient le dépit et l'admiration. »

Ce fut le signal de la retraite. Laurent rejoignit Rigobert à la fenêtre tandis que Pierre et Fabien accompagnés des deux autres qui étaient restés silencieux pendant l'altercation reprirent leurs places assises. Albertine tira ses deux amis en arrière en les apaisant doucement par des phrases légères et amusantes.

« Allez Simone, Claude, venez, finit par dire Albertine pour les convaincre de se retirer. Cela vaut-il la peine de consumer les derniers souffles de notre vieillesse dans ces querelles brulantes et passionnées ? Se moqua-t-elle. »

Les trois regagnèrent leur position et reprirent leur conversation à voix basse en face de la bande des six arborant à nouveau un silence factieux.

« Je te l'avais dit Simone que cela n'était pas une bonne idée de venir. Demander justice à côté de ces bourreaux et de ces tortionnaires me met totalement mal à l'aise. »

Claude se demandait si cela valait la peine de réclamer justice pour soi-même alors que tant d'autres qui avaient si durement souffert pendant les guerres coloniales n'auraient jamais droit à un procès. Cet échange rude avait fortifié son opinion.

Néanmoins, il voyait le visage de sa femme toujours aussi entêté dans son dessein d'exiger un juste châtiment contre le Rabatteur de Noyles. Il regrettait déjà sa faiblesse et s'alarmait de son adhésion absolue aux prises de décision de son épouse. Il croisa les bras en silence, une moue boudeuse contractant ses lèvres. Il était souvent gauche, indécis et maladroit dans ses résolutions.

Les deux femmes furent les seules à entretenir une conversation joyeuse au milieu de ces hommes graves, aux expressions contusionnées par un reste d'amertume pugnace et belliqueuse.

L'entrée de Maitre Orer coupa le fil d'une anecdote contée par Albertine, où une de ses connaissances refusait de manger du fromage car elle avait fait une traversée en paquebot dans une cabine accolée à celle de la cuisine du bateau. Pendant trois mois, la durée de la traversée, par faute de réfrigérateur à l'époque, elle avait dû endurer les odeurs de caséine éventées et pestilentielles. Elle en avait gardé une répugnante aversion depuis lors pour les produits laitiers fermentés.

« Bonjour à tous et merci d'être venus, lança le juriste en traversant la pièce d'un pas précipité sans se préoccuper du babillement des deux femmes qui s'était interrompu et des mines hostiles des messieurs. »

Sans regarder tout ce beau monde qui frémit d'impatience à son arrivée, il déposa son porte-document sur son bureau et son imperméable verdâtre sur un porte-manteau aux larges crochets arrondis en bois marron s'entortillant doucement sur eux-mêmes.

Son cou était trop court. Il semblait que sa tête était franchement posée sur son buste, encadrée par deux massives épaules qui s'ébrouaient pesamment quand il marchait. La rondeur de son ventre bedonnant rendait celle de sa face, peu longue, négligeable. Ses yeux marron, débridés au scalpel d'un chirurgien, jouaient bêtement les crédules pendant que des lueurs malignes et intelligentes frétillaient dans ses pupilles. Il coiffa par réflexe sa chevelure noire et raide avec ses doigts en lisant les premières pages du dossier ouvert sur son bureau.

« - Vous êtes les membres du groupe Réussite, c'est bien ça ? Fit-il en relevant la tête pour obtenir leur approbation.

- C'est bien nous, répondit Albertine en approchant. »

Elle jeta des coups d'œil appuyés aux autres.

Ces derniers formèrent finalement un demi-cercle autour de leur hôte.

« Monsieur Rigobert Verloten, ici présent, annonça Maitre Orer en désignant l'un des deux hommes à mines d'intrigants qui avaient été accoudés à la fenêtre, m'a demandé de prendre la défense de votre groupe dans l'affaire Botchen. Etes-vous tous d'accord avec son choix ? Demanda-t-il d'une voix détachée et peu concernée. »

Sans se concerter avec ses amis, Albertine hocha vigoureusement la tête alors que Claude et Simone échangèrent des regards surpris avant d'acquiescer d'un léger clignement d'yeux. Les cinq camarades de Rigobert bougonnèrent en inclinant des regards soumis et dociles.

«- Tout le monde est d'accord Maitre Orer, coupa fermement Rigobert, en imposant le silence dans le rang de ses camarades emportés par des airs frondeurs et des expressions mutines.

- Très bien, reprit l'avocat en adoptant un ton plus chaleureux et amical. Voulez-vous boire un thé ou un café ?»

Il avait couru à la porte de son pas lourd et massif qui semblait ébranler le sol de son poids d'obèse. Il l'entrebâilla en se retournant vers ses clients pour récolter leurs réponses.

« Christine, cria-t-il après avoir pris les commandes, pourriez-vous nous apporter six cafés, un thé vert et deux thés noirs, s'il vous plait. »

Il s'assit derrière son bureau et commença à leur lire l'acte d'accusation contre Karl Von Botchen. Contre celui-ci, il allait porter l'accusation de crime de guerre au nom du groupe Réussite. Au moment où il entama le compte-rendu de l'enquête à propos des actes répréhensibles commis par l'accusé contre ses clients, la secrétaire frappa à la porte. Un sourire poli et convenu bridant son expression dans un harnais de convenance, elle apportait les boissons chaudes sur un large plateau à fond bleu qu'elle déposa sur le bord du bureau de son patron. Elle regagna la sortie dignement en fixant d'un regard impassible la poignée de la porte qu'elle referma derrière elle.

« S'il vous plait, dit-il à ses hôtes en pointant d'un geste courbe et leste le plateau au bord de son bureau de sa paume ouverte aux doigts serrés. »

La bande des six acheva son café noir par de petites gorgées rapides et rythmées. Albertine garda son thé vert dans la main, les avant-bras confortablement posés sur ses jambes croisées, tandis que Claude et Simone avalèrent une fine lichée de leurs thés noirs en écoutant la suite du rapport d'enquête établi par l'acte d'accusation.

A mesure que Maitre Orer énumérait les noms des résistants arrêtés de leur groupe et leurs destins tragiques, les regards se durcissaient de larmes et les visages devenaient graves et tristes. Les poings de la bande des six se crispèrent, outrée par le souvenir de son impuissance d'alors. Les trois autres secouaient imperceptiblement leurs têtes, berçant misérablement cette énumération sinistre.

Lorsque sa lecture fut terminée, l'avocat inclina un peu plus le visage et garda le silence pendant près d'une minute comme pour rendre hommage à ces braves, sans moyens et démunis, qui avaient relevé l'honneur de leur nation vaincue et humiliée face à l'occupant. Quelques sanglots et des toussotements rauques fortifiant des attendrissements vinrent humaniser la tranquillité et l'émotion du moment.

Rigobert frappa le plateau de sa tasse. Ce violent claquement de dépit fit se relever la face livide de Maitre Orer, où deux veines exaltées battaient ses tempes. L'avocat crut apercevoir dans les pupilles de son vis-à-vis l'errance de la mort vengeresse drapée dans les lueurs bleues d'un regard devenu soudain souriant et aimable.

« Merci Maitre pour votre lecture, s'écria Rigobert en se levant pour partir. Pour moi et pour les autres je pense, dit-il en regardant son groupe d'ex-résistants survivants, l'enquête est complète. »

Les souffles comprimés des huit autres lâchèrent un oui irrité et agacé de la culpabilité de ceux qui avaient survécu. Sur les visages des neuf ex-résistants, pâles et glacés, louvoyaient, comme ivres et chancelantes, de dilatées pupilles égarées et nerveuses.

Le ciel au-dessus du quartier juridique s'était blanchi de nuages albâtres vallonnés, en profondeur, de fins stratus et d'épais cumulus. La température printanière était descendue vers les degrés hivernaux. L'immeuble, où se trouvait le cabinet de Maitre Orer, qui s'élançait, doré par le soleil, vers l'azur céleste, s'était décoloré et terni d'un gris blanchâtre sans éclat. De la fenêtre du bureau, tombait sur les corps la grisaille qui assombrissait aussi les faces et les ombres.

«- Chacun son tour, reprit Rigobert, nous viendrons, selon la disponibilité de votre emploi du temps, Maitre, vous apporter notre témoignage personnel.

- Très bien. Je vous prie donc de voir avant de partir ma secrétaire pour fixer les rendez-vous avec elle.

- Juste une chose, Maitre, intervint Simone en se levant, savez-vous quand le procès aura-t-il lieu ?

- Karl Von Botchen a été opéré avec succès selon l'avocat de la défense, répondit Maitre Orer. Il est actuellement en convalescence depuis quelques semaines. Si tout se passe bien donc, le procès pourrait commencer dans moins d'un mois. Mais ne vous inquiétez pas, ajouta-t-il rapidement devant les airs effarés de ses clients, vu le nombre de plaignants, les débats risquent de durer plusieurs mois, nous aurons le temps de préparer chacune de vos dépositions. Au plaisir de vous revoir conclut-il en tendant la main. »

Maitre Orer enfilait les poignées de main d'une expression aimable et avenante. De la bande des six, il subit une empoignade virile, en enfilade serrée, sans un mot échangé. Les saluts d'Albertine et de ses deux amis, par contre, furent moins brefs. Ils s'informèrent, avec une aisance franche, sur les origines ethniques et familiales de leur avocat. Celui-ci effeuilla son intimité héréditaire avec une fraiche pudeur effarouchée. Ses lèvres butaient, hésitantes et navrées, sur les noms des villes natales de ses ancêtres. Sa prononciation de leurs patronymes était lamentable et erronée. Son intégration était parfaite, ses lacunes en langues étrangères criantes, assumées et son nombrilisme bien national.

Néanmoins, ses interlocuteurs sortirent du bureau de l'avocat, charmés et satisfaits d'avoir entendu cette sonorité exotique qui leur sembla si authentique et semblable aux chimères de leur certitude.

Et comme ils s'avançaient vers Christine feuilletant, les yeux plissés et les sourcils froncés, l'agenda de son patron sur son ordinateur, la bande des six, au pas de course, déferlait sur l'escalier en colimaçon dans un tumulte farouche.

Lorsque Simone, Albertine et Claude mirent leurs pieds sur l'escalier, la rampe et les marches de celui-ci vibraient encore de l'écho du passage bouillant et nerveux de leurs ex-compagnons de résistance passés à l'oppression. Les trois amis descendaient en semblant s'enrouler, à chaque étage franchi, le long d'un cylindre grenelé de peinture jaunâtre.

Les traits tendus de leurs visages s'étaient relâchés. Cette blessure du passé, ouverte de tristesse meurtrie et de regrets douloureux, avait été pansée, momentanément, par l'heureuse surprise d'être défendus par un descendant de colonisés. Leurs vieux schémas du monde s'étaient momifiés d'images manichéennes, où le bon indigène accueillait l'indépendance avec bonheur et soulagement. Pourtant, sous ces simples bandelettes idéologiques et frustres, les fils du destin s'effilaient en une myriade de possibilités, où la liberté d'une nouvelle nation pouvait en libérer certains et en pousser d'autres à l'amer exil.

Ils abordèrent la chaussée du quartier juridique alors que le soleil, pris dans les mors d'une langue de nuages, se débattait en tombant derrière le toit des immeubles de la ville. Les lumières s'étaient allumées pour chasser l'obscurité qui léchait déjà les pieds des bâtiments. La chute du soleil avait libéré un froid mordant et hivernal qui s'attaquait aux visages et prenait à la gorge.

Les trois amis boutonnèrent leurs manteaux et remontèrent leurs cols. Les deux femmes babillaient tranquillement. Elles se remémoraient les noms des gens de leur connaissance qui avaient le même phénotype que Maitre Orer. Claude, en arrière, la tête baissée, regardait les pans du manteau de sa femme rattraper après chaque pas la jambe attardée. Ses pensées courraient doucement, de façon trouble et floue, sans qu'il pût encore saisir les accrocs de son malaise. Il s'arrêta brusquement comme si un crochet l'avait retenu par le col.

« Dites-moi, toutes les deux, dit-il d'un ton pensif, ce Rigobert aux idées ultra-conservatrices, pourquoi diable a-t-il choisi que nous soyons défendus par un tel avocat ? Je pensais que pour lui ces gens-là, anciennement colonisés, n'étaient que des porteurs d'eau ou tout au plus des tireurs de pousse-pousse ? »

Le babillage des deux femmes cessa, étouffé par la marque de l'étonnement.

Dans la rue, hors du cabinet de Maitre Orer, la bande des six ne s'était ni éparpillée, ni égaillée. Elle était restée soudée et solidaire malgré les feux de récriminations qui sifflaient sourdement dans le souffle des respirations. Une langue de nuage commençait à lécher les bords d'un soleil rougeoyant déclinant derrière les édifices de la ville. Les rouges rayons solaires rissolaient doucement les façades des immeubles d'un doré orangé à l'aspect alléchant.

La bande des six quitta le quartier juridique irrigué d'activité pour une étroite ruelle exsangue de circulation et appauvrie de lumière où des ombres inquiétantes virevoltaient en faisant les cent pas. Ces dernières s'approchèrent des nouveaux venus avant de se raviser en distinguant les faces terribles et minées de colère du groupe. Les tenants du lieu se glissèrent, sans bruit, dans les creux sombres et se terrèrent dans les fentes ouvertes dans l'obscurité jusqu'à ce que ces intrus aux démarches martiales eussent pris l'avenue qui descendait vers la rive du fleuve.

Rigobert et ses compagnons arrivèrent sur le quai au moment même où le soleil semblait être précipité dans sa chute derrière les immeubles par une langue de nuages excitée et avide.

Sur le débarcadère, la bande des six s'était légèrement desserrée comme si elle faisait relâche du spectacle de sa cohésion et de sa complicité. Elle s'était alignée en se répandant parallèlement au lit du fleuve. Elle l'observait se bosseler paisiblement de vagues d'un bleu sombre, incendiées de temps à autre par les derniers restes de rayons d'un soleil s'écrasant sur l'horizon.

Une lourde barge, à la coque plate, sembla aplanir la surface du cours d'eau. L'onde du sillage du bateau abattait doucement et silencieusement, sans chocs, les bosses qui avaient accidenté l'étendue fluviale. La bande des six se regroupa pour monter sur l'embarcation dès que celle-ci accosta le long du quai. Une poignée de passagers, pressés et bourrus de ceux qui sont si souvent harcelés d'empressement, la bouscula en débarquant sans qu'elle ne réagît. Elle attendit, en rang serré et discipliné. D'un coup d'œil de Rigobert, elle s'ébranla et s'installa, en plein air, à l'arrière de la barge.

Le moteur du bateau vrombit avec effort. La coque s'éloigna du quai avec peine et s'engagea en accélérant vers le milieu du fleuve. Une brise fraiche, remontant à contre-courant, s'engouffrait le long du lit du cours d'eau, prise en étau entre les édifices de la ville bordant les rives.

La bande des six s'était concentrée dans un coin. Un groupe regardait, vers l'arrière, la surface lisse du fleuve tandis que l'autre observait, sur le côté, courir les façades des immeubles aux grandes et larges fenêtres jaunies de lumière. De temps en temps, l'ombre d'un poisson venait moucheter de noir la surface de l'eau qui réfléchissait les lueurs des derniers feux du crépuscule. On voyait également, parfois, la silhouette d'une personne tacheter de ses contours sombres le jaune colorant les vitres des bâtiments. Rigobert, à la charnière du groupe, fixait aussi bien l'arrière que le côté. Il lui paraissait qu'en dépit des points de vue différents la vision des deux groupes demeurait voisine et parente.

La résistance ! Les années de reconstruction ! Les guerres coloniales ! La dissidence ! Puis l'amnistie et la réhabilitation. Pour Rigobert, sa conception de la patrie avait romancé son existence. Elle avait fait de lui un héros pour certains et un salaud, le pire des méchants, pour d'autres. En fin de compte, il s'en fichait bien des louanges et des critiques. Il avait juste fait son devoir en respectant les rares et maigres principes que son éducation lui avait inculqués : profonde estime pour la nation et loyauté envers le vrai intérêt du peuple.

Son échec de créer un état indépendant pour les colons dans la grande colonie, aux montagnes serrées entre les immensités marines et désertiques, l'avait conduit à l'exil. Il s'était retrouvé avec ses partisans coincé lui aussi entre deux puissants partis : celui des indépendantistes indigènes et celui des colonisateurs pragmatiques qui acceptaient le déclin du pays. Il haïssait le chef de ces derniers. Cet obscur colonel, aimait-il à dire, qui avait usurpé le grade de général pendant la sombre période de la débâcle qui avait mené à l'occupation. Entre eux, lui et ses hommes l'appelaient l'Usurpateur ou le Faussaire. Cet imposteur qui parlait de Grandeur en rapetissant la superficie du pays.

Ses années de dissidence, loin de sa patrie, dans la pauvreté désabusée du mercenariat, louant son art de soumettre aux plus riches, l'avaient précipité dans un amer désarroi. Son âme s'était ternie dans ces sales besognes frumentaires. Il était devenu un bourreau qui avait donné la mort pour gagner sa vie.

Lorsque la loi d'amnistie fut promulguée, tous les réprouvés et les exilés qui s'étaient isolés dans les plus petits replis en conflit du monde étaient rentrés au pays, mornes et brisés par les épreuves. Nul n'avait été épargné. Les corps et les esprits avaient été mutilés par la violence de la guerre.

Leur action et leur envie de servir la nation n'avaient pas été étouffées par les déconvenues et la défaite. Ils résistaient encore, malgré leur âge, à la débâcle de leur certitude et à la déroute de leurs idées nationales comme ils n'avaient cessé de le faire depuis la période de l'occupation. Ils s'étaient regroupés en association ou au sein du parti politique qui les invitait à faire front. Rigobert y avait retrouvé ses camarades avec qui il se remémorait souvent le souvenir de ceux dont les dépouilles reposaient outre-mer ou dans les maquis de la région.

Ses obscures pensées firent tomber le regard de Rigobert sur la sombre surface du fleuve aux frémissants reflets de lumière citadine déformés et remués par les ondulations des flots. Le long des rives, l'agitation de la circulation s'était faite plus bruyante. Le va-et-vient des phares des voitures créait un flot de lumière baignant le pied des immeubles et dont le lit semblait également reposer, par miroitement, sous la surface du fleuve.

Le corps de Rigobert, raidi de colère et d'amertume, encaissa le choc brutal et soudain que fit la barge en frappant le quai. La bande des six sauta sur la berge. Elle remonta une rue perpendiculaire au cours du fleuve jusqu'à un édifice de deux étages, lové dans un arc creusé dans la linéarité des façades par la courbure d'une placette.

Donnant sur la rue, une grande baie vitrée opaque, succédant à une porte en verre, se dressait au rez-de-chaussée, à fleur de chaussée. Après avoir déverrouillé l'entrée, la bande des six s'installa derrière la baie vitrée qu'elle verrouilla, par discrétion, d'un store à lames métalliques. Le comptoir du bar, maçonné de briques rouges, emmurait un coin de salle saturé d'objets consacrés au bien-être du palais. Le réduit était éclairé par une veilleuse d'un jaune pâle et vacillant qui jetait des ombres troubles et attristées sur l'ensemble. La triste humeur de la bande des six les poussa à s'écarter du bar. Elle s'assit sur les fauteuils de tissus rouges qui se groupaient autour d'une table acculée dans le coin opposé de celui du comptoir.

Silencieuse, elle était absorbée dans une méditation, où les langues insolentes paraissaient se délier des liens du respect qui les liaient au chef. Les idées ayant été mâchouillées longuement, elle finit par les cracher crûment dans le débat public.

« - Rigobert, commença Laurent sur un ton amical, tu sais comme j'admire tes actions et ton sens de l'analyse. Tu n'as jamais fait défaut à notre Cause. En dépit de mes oppositions qui ne furent pas rares, tu as même toujours su prendre les bonnes décisions pour l'intérêt commun. Néanmoins, pourrais-tu nous expliquer la raison pour laquelle tu as choisi cet avocat ?

- Il a ses raisons, répliqua sèchement Pierre avec cette raideur que savent prendre les militaires pour couper court à toute discussion et à toute critique dès qu'il s'agit de remettre en cause la décision de la hiérarchie. »

Pendant les débats il avait pris l'habitude de frapper l'adversaire en lui assénant brutalement et rudement ses certitudes. Il prononçait des phrases courtes et claires sur un ton froid sans les motiver par un raisonnement limpide et construit.

« Tu as raison Pierre, le rassura Fabien. Rigobert a ses propres raisons et il n'est pas obligé de nous les donner. De toute façon, nous le suivrons, quand même, comme nous l'avons toujours fait, ajouta-t-il en regardant les deux autres qui n'avaient pas encore parlé depuis leur arrivée dans le cabinet de Maitre Orer. Néanmoins, poursuivit-il, en effleurant le moussant duvet de barbe qui mouchetait la chair très blanche de sa joue, nous sommes bien âgés maintenant pour jouer aux petits soldats qui obéissent sans se poser de questions. Nous nous trouvons au crépuscule de notre vie, dit-il en baissant tristement les paupières et le front. Tes motivations Rigobert ne sont pas classées secret défense que je sache, plaisanta-t-il.

- Ce ne sont pas ces discussions stériles qui vont relever nos camarades tombés dans le maquis et sur les champs de bataille outre-mer. Ce n'est pas ça non plus qui va nous ramener l'empire abandonné par une classe politique corrompue et traitre, renchérit l'un des deux qui étaient depuis lors restés silencieux. »

Le regard d'Anatole et son visage étaient demeurés inclinés durant son intervention. L'abandon de l'empire avait été pour lui le plus grand désastre de sa vie et de l'Histoire de son pays. Depuis la signature des indépendances, il parlait peu. Il ramenait toutes les conversations, dès qu'il ouvrait la bouche, à la perte de ces territoires comme s'ils se fussent agis de propriétés ancestrales présentes dans sa famille sur des générations.

Encore une fois, en ressassant ses vieilles blessures, il avait secoué la tête douloureusement en parlant. Il ne comprenait toujours pas que l'on eût pu abandonner des territoires alors que la bataille était gagnée sur le terrain. Leurs adversaires, les indépendantistes, en signant les accords de paix, avaient remporté la guerre, par la paperasse bureaucratique et la discussion abstraite bien que leurs armes, la réalité des combats, n'avaient pu leur offrir la victoire.

Ses hochements de tête manifestaient en fait une grande incompréhension des événements de son époque et de l'implication des deux Grandes Supers Puissances d'alors. Le temps de Grand Papa était tout simplement passé. L'opinion publique mondiale n'acceptait plus la présence des empires maritimes. Il fallait l'accepter sous peine de subir des pressions populaires, morales, politiques et économiques, si dangereuses pour la stabilité du pays et la paix civile.

Cette défaite, promulguée et décrétée dans

le cabinet des ministères, avait conduit Anatole à se méfier de l'administration et des débats publics entre intellectuels. Il les voyait tous deux comme des forces occultes et irraisonnées dont il devait se défier. C'était un homme tout en action et en acte qui s'épanouissait dans la lutte et le faire.

« Et toi, Jacques, qu'en dis-tu ? Demanda Rigobert en s'adressant au sixième homme qui ne s'était toujours pas exprimé. »

Comme réveillé d'une lourde inertie, il releva difficilement sa pesante tête. Ses paupières mi-closes s'étaient également levées comme soulevées par ce réveil. Son cou s'étirait et sa face se tendait. Il ne savait que dire. Sa retraite et son inaction l'avaient abruti. Originaire d'une famille de colons, lui-même né dans les colonies, il était paumé et déraciné dans ce pays où il n'avait pas grandi. Les quelques Grandes Idées et Valeurs qu'il avait lues dans les livres de son enfance, il ne les trouvait pas dans les rues, il les cherchait en vain dans ces grandes avenues. Il s'était réveillé du songe de sa métropole, déçu, toujours avide de ses rêves et de ses chimères. Il avait perdu sa terre natale. Il ne faisait qu'errer dans celle de ses ancêtres qu'il ne reconnaissait pas.

Il haussa les épaules d'impuissance. Le traumatisme de son exil définitif en métropole avait endormi ses sens et ses désirs. C'était cette catastrophe qui l'avait vieilli et usé. Son corps s'était fripé et ratatiné, pourrissant comme un solide tronc abandonné, arraché à ses racines natales.

Son menton bascula doucement sur sa poitrine. Ses paupières se fermèrent. Il paraissait indifférent aux singeries et macaqueries du monde. Son abasourdissement permanent, comme une protection contre la rigueur des temps, le rejeta dans une hibernation profonde, où son attention était groggy de désespoir.

L'attitude de Jacques, résignée et mutine, écrasa de culpabilité les épaules de Rigobert. Son camarade était le fruit flétri et rabougri de son échec à protéger ses compatriotes d'outre-mer. Il avait conservé une tendresse vigoureuse et profonde pour cet homme alors muet, descendant de ces colonisateurs défricheurs de terres arides qui avaient bâti, jadis, la vraie Grandeur de son pays.

Rigobert posa ses mains sur les accoudoirs de son fauteuil et jaillit de son siège en se projetant en avant d'une farouche et résolue poussée. Il allait et venait, un bras serré entre son ventre et sa poitrine, calé sous le coude de l'autre dont les doigts frôlaient pensivement le coin de ses lèvres. Sa chevelure qui avait été fougueuse et blonde s'était grisée et attiédie. Ses brins de cheveux sans ardeur et tièdes glissaient et jouaient entre eux comme trop lâches. Des cicatrices subies aux combats se cachaient au fond de ses rides assénées par la vieillesse. Son regard azur était resté vif et âpre sous ses paupières fanées de sillons et bâillantes de lassitude. Il semblait que celles-ci avaient, de leurs battements, protégé ses yeux du dépouillement de la sénescence.

«- Savez-vous qui défendra Karl Von Botchen, cet ancien fonctionnaire de police d'un régime ouvertement raciste et anti métissage ? Demanda Rigobert, en plantant un œil furieux sur ses compagnons. Il s'agit, reprit-il devant le silence de son groupe, d'Arnold Fayat, le fils d'Aristide et de Berthe Fayat.

- Mais, s'élança Laurent sur le bord de son fauteuil, c'est un métis.

- Exactement, confirma Rigobert. Vous savez, notre passé colonial et celui de rebelles jusqu'au-boutistes, aux yeux des fonctionnaires gouvernementaux d'aujourd'hui, pourraient effrayer les gens du jury. Nous devons, par conséquent, les émousser d'une manière ou d'une autre, n'est-ce-pas ? Il nous fallait donc à nous aussi un homme issu d'un peuple colonisé pour ne pas être en reste, ne pensez-vous pas Messieurs ? Conclut-il d'un sourire amusé par l'étonnement de ses compagnons. »

La bande des six déridée par la réponse de son chef alla tirer quelques verres d'alcool derrière le comptoir du bar, en entretenant paisiblement sa mémoire de souvenirs de guerre.

Ils étaient partis tôt du cabinet. Il était 15 heures. Le matin, Malika avait laissé sa voiture sur le parking de son domicile. Elle était venue en train et en métro depuis la banlieue. Son fiancé la ramènerait chez elle en fin de soirée.

Le rendez-vous devait avoir lieu à 16h30, dans l'appartement familial du témoin. Dès 15h30, Arnold et Malika avaient rencontré, en bordure de Noyles, une circulation dense sur les voies rapides menant vers les cités dortoirs, endormies pendant les journées de travail. Par ces trouées d'asphalte percées dans les villes par les architectes urbains pour irriguer la mégapole d'activité, tout un peuple d'ouvriers, d'employés et de cadres effectuait chaque jour sa transhumance allée, du domicile au travail, puis celle de retour, du travail au domicile. C'était un concentré réseau routier, de deux à quatre voies, qui se densifiait et s'élargissait de trottoirs de plus en plus larges en rejoignant le centre de Noyles.

A cette heure, les chaussées étaient déjà obstruées d'automobiles, faisant scintiller les chemins d'éclats métallisés. Vu du véhicule, le ciel blanc cotonneux au-dessus des têtes d'Arnold et de Malika était barré par des lignes de ponts aux espacements irréguliers qui hachuraient l'horizon céleste de bandes métalliques. Méthodiquement, des correspondances offraient aux automobilistes leurs ramifications vers des destinations précises, en réduisant, parfois, la largeur de la route d'une voie qui se perdait dans les courbures des embranchements routiers.

L'un de ces embranchements, très convoité, attira une longue enfilade de véhicules qui s'immobilisa dans ce bras de route séparé de la chaussée principale par un rail de sécurité. La circulation sur les autres files se fluidifia. Arnold accéléra. Au fur et à mesure qu'ils s'éloignaient du centre de Noyles, la densité des immeubles, qui semblait comprimer de leurs hauteurs écrasantes l'artère autoroutière, s'allégeait. Les édifices rapetissaient et s'éclaircissaient. Les arbres prenaient leur élan et grandissaient. Ils se regroupaient, de plus en plus fréquemment, en bosquets comme pour occuper plus de place. En sortant par un embranchement plongeant dans un tunnel baigné d'une lumière orangée, Arnold en ressortit par un chemin peu fréquenté, à l'écart des grands axes et des importantes villes. Cette quatre-voies bordée d'un terre-plein central vint buter sur un rond-point qui la réduisit en une deux-voies, séparée par une maigre et plate ligne blanche. Cette dernière traversa de petites villes pavillonnaires et une forêt transpercée de routes et de chemins de fer. Sur les indications de Malika, ils arrivèrent enfin dans une agglomération qui semblait s'appuyer sur une rivière, acculée par une forêt envahissante. A mesure qu'ils y pénétraient, la largeur de la route s'affinait alors que les trottoirs s'étendaient et prenaient de l'épaisseur.

Au feu de signalisation, ils tournèrent à gauche. Ils traversèrent un rond-point au centre duquel s'élançait un sapin décoré de guirlandes lumineuses. Un coude routier, qui s'articulait autour du centre-ville commerçant et des quartiers d'habitation, les déposa dans un cul de sac finissant sur des tours d'immeubles de plusieurs étages accoudées à la rivière.

Aux pieds des édifices, s'étendait une vaste étendue d'herbe rase, piétinée par une marmaille nombreuse et bruyante. Les uns, vêtus de maillots aux couleurs bigarrées marqués par le logo d'un sponsor, jouaient au foot tandis que les autres, opulents de gaieté et de joie, criaient en courant de tous côtés dans des jeux énigmatiques. Sur les flancs des immeubles, seules les fenêtres, à fleur de cour, étaient fermées par des stores à lames métalliques.

A 16h15, les places de parking, nombreuses, étaient vides. Dès que la voiture fut garée, Arnold et Malika descendirent une fine allée piétonne, au sol rouge, conduisant à l'entrée d'un hall encombré d'adolescents ennuyés. Ils ne savaient que faire pour occuper cette fin d'après-midi hivernal. Leurs esprits immatures semblaient encore embarrassés et honteux dans ces corps d'adulte aux voix graves de maturité. Ils essayaient de se donner une gravité d'homme mais leurs yeux d'enfant se rebellèrent dès que Malika arriva près d'eux. Ce fut un court échange d'amabilités espiègles, où les solidarités familiales, religieuses et ethniques s'exprimaient joyeusement dans cette conversation amicale.

Arnold qui accompagnait Malika étouffa sa gêne de se savoir de trop dans le rayonnement d'un sourire avenant. Les adolescents méfiants jetèrent sur cette expression plissée de joie suspecte un œil condescendant, plein de retenue et de distance.

L'avocat suivit sa secrétaire dans l'immeuble. Le hall était réduit à un couloir étroit qui se résumait à desservir un ascenseur, un escalier et les portes de trois appartements déposés sur le rez-de-chaussée. La pénurie de logement et l'appât du gain avaient probablement poussé les entrepreneurs à recycler le grand espace habituel des halls en logements exigus, songea Arnold, désolé pour les locataires oppressés entre la cour et les autres étages.

L'ascenseur les déposa au dernier degré de l'immeuble, là où un vasistas projetait sa blême ombre hivernale lumineuse et rectangulaire sur le palier. Les appartements de cet étage semblaient seuls et solitaires, isolés loin au-dessus de la cour joyeuse, totalement perdus au sommet de cette tour imposante. Un gazouillis joyeux, sourd et désordonné, filtrait des cloisons. Il semblait que des rayons de vie, vigoureux et entêtés, persistaient à émettre dans cette superficie de béton triste et de promiscuité abjecte étouffant les êtres et les individus.

Malika, en familière des lieux, entraina Arnold au bout d'un couloir resserré qui débouchait sur une porte au ton châtaigne. La secrétaire choisit d'exprimer sa présence en utilisant la sonnerie, lien plus formel que le familier cognement de porte. Ainsi, pensait-elle, elle rappelait à ceux à l'intérieur du logement la présence de l'important invité qui l'accompagnait.

Dans la fente noire de l'entrebâillement de la porte d'entrée, le visage souriant d'une jeune femme apparut. Quatre autres, plus enfantins et un peu plus bas, s'entassaient les uns sur les autres, par ordre de naissance, en poussant de petits ricanements farceurs et fripons. L'hôte libéra vivement sa main de la poignée qui alla heurter violemment un patin posé contre le mur attenant à la cuisine. Ce fut le coup d'envoi des embrassades et des accolades. Malika se retrouva happée dans un tourbillon d'étreintes. Elle passait des femmes aux hommes, des hommes aux enfants et des enfants aux bébés. Sa tête était ballotée d'épaule à épaule, son menton s'écrasait sur les trapèzes, sa joue se lovait dans les creux des cous. Des mots amicaux de bienvenue étaient prononcés dans une langue que tous connaissaient, excepté Arnold qui se sentait rejeté de cette tornade de bisous.

Alors que tous les regards des adultes étaient tournés vers Malika, ceux des enfants, étonnés et curieux, fixaient le corps de l'avocat qui stationnait sur le seuil de l'entrée, l'air gauche et gêné. Les petits chuchotaient entre eux des remarques moqueuses contre cet intrus, ce qui accentuait le malaise d'Arnold. Les lèvres de celui-ci s'ouvrirent, bâillant maladroitement sur ses belles dents blanches. Il avait posé ses poings sur ses flancs car ses mains l'embarrassaient, trop libres aux bouts de ses bras impuissants et oisifs. Il s'échinait à se donner une apparence impassible, en fixant le tournoiement de sa secrétaire qui s'enfonçait peu à peu dans l'intimité de l'appartement.

Soudain, de l'autre bout du logement, Arnold vit Malika resurgir, ouvrir cette houle de joie et de sourire, en courant, la face rouge de confusion et de culpabilité.

« - Excusez-moi Maitre, emportée par les

retrouvailles, j'ai failli à tous mes devoirs d'hospitalité envers vous.

- Ne vous inquiétez pas, Malika, répondit amicalement Arnold, c'est bien normal, moi aussi j'ai une famille nombreuse. Les grandes retrouvailles, je connais. Vous fêtez quelque chose ?

- Oui, c'est la Grande Fête aujourd'hui, celle où on tue le mouton. Pour nous, c'est le moment le plus important et le plus joyeux de l'année. Elle est un peu semblable à vos festivités avec votre vieil homme bedonnant à la barbe blanche habillée tout en rouge, dit-elle sur un ton railleur, comme si ces enivrantes accolades l'avaient grisée et brisaient la retenue polie qu'elle s'imposait en présence de son patron. »

Avec une amicale déférence, elle le présenta à chaque membre de la famille. Les salutations furent moins vives et exubérantes. Elles étaient plus respectueuses et communes. Les têtes s'inclinaient doucement à chaque poignée de main. Ce flot de visages ondoyait timidement au rythme de ce flux de présentations. Avec un désintéressement affecté, tous les membres de la famille s'étaient arrangés pour se trouver, à un moment ou à un autre, sur le trajet de Malika. Les corps raidis et nerveux dans l'attente se décontractaient dès leur devoir de politesse accompli. A mesure que les saluts touchaient à leur fin, les rires et les sourires, comme un reflux festif agité, remettaient de l'écume de joie sur cette fête qui avait été tendue par les salutations d'Arnold.

Malika finit son périple à travers les différentes branches de son arbre généalogique par son père, le patriarche, toujours enraciné dans la tradition du pays malgré son exil dans l'ancienne métropole. Sa famille s'y était épanouie et agrandie.

Il était debout, entouré par des visages qui ressemblaient au sien. Il était petit, chauve et sec. Sa face était glabre. Ses rides profondes et abondantes mettaient sur son expression un permanent sourire, large et serein. Il lui suffisait de peu pour mettre son interlocuteur à l'aise avec sa physionomie bonhomme et souriante. Néanmoins, dans sa poignée de main et ses gestes brusques, les apparences d'une brutalité gesticulaient encore, comme une menace rampante dans ses manières cordiales.

Arnold fut entouré de prévenances par Monsieur Zaahouid et ses proches. Les conversations entre les hommes étaient légères.

Elles planaient tranquillement autour de sujets futiles et fédérateurs comme les exploits des équipes nationales de football ou les ultimes soubresauts des émissions de télévision populaires. Parfois, il s'y mêlait le détail des derniers faits divers horribles qui effrayaient tout un chacun. A ce moment-là, tous les regards de l'assistance exclusivement masculine se tournaient alors vers Arnold, heureuse et flattée de recueillir les commentaires ou les impressions d'un ténor du barreau.

Tout-à-coup, des applaudissements et des youyous féminins de joie s'envolèrent. Un visage connu pour Arnold, celui de Rachid le fiancé de Malika, collègue de Kate, fit son entrée dans l'appartement. Ses joues s'animaient de rouge et son regard était reconnaissant. Les hommes le plaisantaient gentiment tandis que toutes les femmes s'étaient regroupées, à l'écart, en cuisine autour de Malika absorbée ostensiblement dans la préparation d'un plat.

Rachid serra chaleureusement la main d'Arnold. Il passait nerveusement, comme un peu honteux, ses mains dans sa chevelure noire et frisée. Son visage long et fin avait des airs de poupins anxieux. Tout ce remue-ménage et les remarques masculines grivoises firent comprendre à l'avocat que sa secrétaire allait bientôt se marier avec ce jeune homme aux regards verts et aux sourires timides.

« Félicitations et tous mes vœux de bonheur pour votre mariage, Rachid, lui souhaita Arnold en lui tendant à nouveau une main courtoise et amicale que le futur époux accepta respectueusement. »

Les hommes se serraient tous consciencieusement dans le salon. Leur dignité masculine leur interdisait tout écart ou débordement vers la cuisine, où les femmes préparaient le menu de la Grande Fête. Seuls les enfants, filles et garçons, faisaient le trait d'union entre les deux groupes en se poursuivant dans leurs courses ludiques du salon à la cuisine et vice-versa.

Dans cette solidarité de genre, où l'apartheid de la virilité et celui du bas ventre régnaient en maitre, les épouses ignoraient les maris, les sœurs les frères, les fils les mères et les filles les pères. Ces dispositions leur étaient naturelles et tous s'y soumettaient sans murmure ni hésitation.

Le rire des cuisinières avait un rythme rapide

et affairé alors que celui des oisifs du salon était plus décontracté et tapageur. Des verres de limonades, de thés, de jus de fruit et de sodas glissèrent peu à peu entre les mains de tous les convives.

En apportant une boisson à Rachid, Malika lui jeta une douce et appuyée œillade que le jeune homme lui rendit par un signe de tête très léger. Aussitôt après cet échange complice, la jeune femme abaissa son regard sur son patron après avoir enlevé de ses yeux leur douceur amoureuse pour leur faire adopter une expression amicale et professionnelle.

« Maitre, lui dit-elle simplement en souriant, mon père vous attend sur le balcon. »

Arnold fut conduit par Rachid jusqu'au balcon. Celui-ci resta en faction sur le seuil, interdisant l'accès à toute autre personne avec un sourire affable et une mine dissuasive.

Cet étroit escarpement de béton était battu par un vent polaire aux sifflements suraigus et pernicieux. Il surplombait tout une série de balcons, alignés et identiques tout au long du flanc de la tour. Ils formaient tous comme des excroissances de l'immeuble qui semblaient s'empiler les unes sur les autres jusqu'au sol. De la vue plongeante du dernier étage, écrasant les distances entre les balcons en dessous, on avait l'impression qu'il était possible de gravir chacun d'entre eux comme s'il se fût agi de degrés d'une gigantesque échelle.

La vue était totalement dégagée.

Sur la gauche, on voyait un défilé d'arbres aux branches brunes coulant à travers les édifices des villes. Il accompagnait jusqu'à son fleuve une rivière aux éclats de chêne que l'on distinguait très mal entre les ombres des troncs et des ramures. Parfois quelques paillettes de lumière miroitaient dans le lit du cours d'eau noyé sous sa couverture de branchages.

Par contre sur la droite, une forêt compacte, sans feuilles, nivelait les collines et les monts. Elle formait sur la ligne d'horizon un entassement marron sombre qui paraissait échouer et se tasser contre le ciel blême qui perdait ses couleurs dans ce crépuscule hivernal.

Monsieur Zaahouid regardait droit devant lui le fleuve qui lustrait d'une bande régulière, plate et fine, le panorama accidenté de constructions en béton et ciment de la banlieue. Ses bras croisés étaient appuyés sur la rambarde. Il s'était blotti dans le coin de la plateforme, coincé entre l'extrémité de la fenêtre et celle du balcon. Là, ils ne pouvaient être ni vus, ni écoutés.

La mine bonhomme du vieil homme avait été brisée par une expression farouche que lui communiquait la hantise de ses terribles épreuves.

« Maitre, demanda-t-il sans changer de position, placez-vous ici, à côté de moi. »

Arnold inséra son corps dans une minuscule fente laissée entre son hôte et l'extrémité du balcon.

« Désolé pour la promiscuité, Maitre, mais on sera mieux ainsi pour parler. Ce jour de fête ne doit pas être perturbé par les ombres des guerres passées. Les droits que possèdent mes enfants et mes petits-enfants sur la vie ont été réglés par le sang de leur mère et grand-mère, dit-il sereinement, sans colère ni haine. C'est un droit inaliénable poursuivit-il d'un ton ferme qui n'admettait aucune objection ni aucune réserve.

- La guerre d'indépendance de votre pays… se hasarda Arnold.

- A pris la vie de ma femme, la mère de Malika, Laïla. Elle a payé de sa tête l'engagement de son mari pour la Cause. C'est une martyre de la décolonisation, lâcha-t-il amer. »

Les yeux arides et secs de Monsieur Zaahouid repoussèrent deux oasis de larmes qui se perdirent et s'asséchèrent dans les écroulements ridés de son visage.

Lui, à l'époque, il avait hurlé sa peine, exigé justice auprès de l'appareil du parti. Il avait refusé cette paix des braves qui avait absous les bourreaux, tueurs d'innocents. Il avait expliqué à sa hiérarchie, en vain et sans espoir, qu'il ne réclamait pas la vengeance pour ses camarades tombés en soldats mais pour les civils, inoffensives victimes des punitions collectives et des représailles de l'ordre colonial. On lui avait répondu froidement de faire son deuil de ces démons et de passer à autre chose. Comme si cela était une chose anodine et facile à faire ! Surtout qu'un certain sourire de sa fille ou des colères de son fils ou le simple regard d'une petite-fille lui arrachaient de sa mémoire les souvenirs de l'Absente comme si ses descendants s'étaient entêtés à conserver, bien malgré eux, la présence de leur mère dans leur attitude et le renflement de leur chair.

Il avait dû apprendre à vivre avec son impuissance. Mais à bout de peine, il avait fui pendant quelques années les retours impromptus de sa femme dans l'éclat d'une expression ou dans un furtif hochement de tête d'un proche. Il avait laissé au pays ses enfants, chez sa sœur, pour venir travailler dans les usines de l'ancienne métropole. Ce ne fut qu'après son remariage qu'il avait pu, avec l'aide de Zineb, sa nouvelle épouse, surmonter la vision des ressemblances physiques maternelles qui hantaient et possédaient les corps des descendants de Laïla. Peu à peu, il les avait fait tous venir chez lui, dans le pays de l'ex-colonisateur où ils travaillaient tous depuis lors et où ils avaient fondé une famille. Même sa dernière Malika, celle qui, par un paradoxe cruel, ressemblait le plus à sa mère mais qui pourtant s'en rappelait le moins, allait bientôt se marier.

Jusqu'à aujourd'hui, par un lapsus terrible, il lui arrivait d'appeler, parfois, sa dernière-née Laïla. Dans ces moments-là, il semblait à chacun que l'âme de la disparue revenait. Tous se taisaient alors comme pour écouter les bruissements de l'ombre défunte.

Les vœux de Malika étaient chez lui les échos de remords coupables qu'il devait exaucer. Il redoutait en fait d'entendre les reproches de sa fille, au ton de voix habité par les accents de sa défunte femme. Il s'était toujours laissé mystifier par sa cadette. C'était une sorte de pénitence, par acte de faiblesse, qu'il s'infligeait. Son témoignage au procès pourrait être une réconciliation avec lui-même, une œuvre de contrition utile qui, par cette souffrance, le délivrerait de sa damnation parentale et psychologique.

« - Monsieur Zaahouid, demanda Arnold qui avait vu se matérialiser, dans les rides inextricables de son hôte, une douleur insondable. J'ai besoin de votre témoignage de résistant pour défendre un bourreau de la résistance, un briseur de rêve de liberté, lâcha-t-il honnêtement.

- Je le sais Maitre. Malika m'a tout expliqué. »

Monsieur Zaahouid imaginait déjà la cour de justice drapée de robes noires et constituée de personnages dignes. Il se représentait les avocats aux verbes conciliants pour leurs clients et aux réparties cassantes et impitoyables pour l'adversaire. C'était un lieu de palabres et de discussions ardentes où la mauvaise foi des uns combattait souvent celle des autres sous les regards impassibles du juge et des jurés. Chaque partie s'employait, par des arguments tranchants et fleuris, à faire germer dans le jugement final une décision favorable à son intérêt.

La main de Monsieur Zaahouid se crispa à la pensée que son témoignage serait livré au contre-interrogatoire des avocats de la partie civile. Le choc des premières attaques auxquelles il songeait déjà lui fit baisser la tête. La belle symétrie des pattes-d'oie aux creux de ses yeux s'abimait sous le choc des pulsations nerveuses battant à ses tempes. Son front courbé au-dessus de son cœur, il examinait ses peurs. Elles ne lui semblaient pas plus terribles que le long supplice auquel le soumettait son deuil. Cela le soulagea. A ce moment, une singulière force de rédemption, sereine et presque heureuse, s'empara de son esprit. Elle lui fit relever un visage ferme et résolu. Il lança d'une voix déterminée et percutante :

« Maitre, je témoignerai au procès Karl Von Botchen comme témoin de la défense. »

Chapitre 9

La maison était accrochée à l'anfractuosité d'une colline ouverte par un éboulement très ancien. L'habitation, invisible depuis l'extérieur de la propriété, était protégée par un ourlet de terre et de bois qui descendait en pente douce jusqu'au pied du pavillon. De-là, la vue des propriétaires et de leurs invités s'épanchait sur une large vallée qui venait s'échouer contre la base des contreforts d'une imposante barrière montagneuse. Au loin, des nuages blancs et floconneux frottaient les cimes du massif d'une neige blanche et poudreuse qui rendait les pics à leurs blancheurs hivernales immaculées.

C'était l'hiver. Un vent froid dégringolait des

flancs des montagnes. Les flocons n'avaient pas encore franchi les sommets et déferlaient sur la plaine. La neige était restée sagement circonscrite autour de la tête des chaines montagneuses. La gelée blanche qui l'avait remplacée faisait de son mieux pour couvrir la terre en basse altitude d'un blanc au ton neigeux.

Les enfants, dehors, s'amusaient à distinguer la limite qui séparait la vraie neige de son imitation gelée. Ils se disputaient fréquemment sous le regard conquis d'une femme enceinte. Celle-ci était attendrie et rêveuse. Elle imaginait déjà son fœtus encore si frêle, si délicat et si dépendant de son corps, en enfant de huit ans robuste, batailleur et autonome. Elle était heureuse et fière. Elle tourna son visage vers le père de son enfant qui s'éloignait avec un couple, disparaissant de sa vue dans les sinuosités de la colline.

Les trois personnes, qui s'isolaient du groupe de la femme enceinte et des enfants, remontèrent un chemin pédestre et caillouteux qui s'enfonçait dans les flancs du relief, en s'enroulant autour de ses courbes, depuis sa crête jusqu'à son pied. Ce dernier était surmonté par une route départementale qui s'enfuyait vers la ville la plus proche en traversant des champs blanchis et engourdis par le froid.

En observant le panorama, les trois promeneurs distinguaient très mal, de la végétation de la campagne environnante, les édifices de l'agglomération. Les deux étaient ensevelis par cette gelée au ton de craie blanchâtre. La cime du bourg semblait vallonnée de blancs pans de toits découpés par des rues aux aspects de vallons glacés.

Marchant entre Kate et Arnold, Joshua les guidait, sans échanger une parole, sur ce sentier ourlé d'un remblai de terre dont le relief accidenté paraissait avoir déchiré une fine dentelle de givre qui s'agrippait sur sa pente. Ils franchissaient des torrents glacés et figés en surface. Néanmoins, ils voyaient à travers l'épaisseur de glace, sous leurs pas, des poissons remuer silencieusement leurs queues et leurs nageoires comme si le règne animal, insomniaque, refusait l'endormissement hivernal.

Joshua n'osait pas encore ouvrir la bouche. Il hésitait encore à se confesser. Il se laissait prendre, lâchement, dans cet engourdissement ambiant, heureux de les avoir tous les deux autour de lui, peut-être pour la dernière fois.

Il s'était servi de leur affection à son égard pour attirer chez lui le couple et ses enfants. Les époux étaient arrivés séparément mais leur progéniture était restée unie, toute à bord de la voiture de leur mère. Kate avait devancé son mari de plus d'une demi-journée. Elle avait rejoint la maison de son frère dès la veille. Le lendemain, elle avait paru surprise de voir la voiture d'Arnold franchir le seuil de la propriété de Joshua. A ce moment-là, le regard de l'avocat avait cherché à croiser celui de sa femme mais il s'était cogné aux tempes indifférentes et méprisantes de Kate.

Joshua avait vu l'étonnement sur le visage de sa sœur. Il avait ressenti la blessure d'Arnold avec son regard délaissé, laissé vide, à nu sur ce visage ravagé. C'était une amère déconvenue, lui semblait-il, d'être ignoré en public par sa propre épouse.

L'attachement du couple se délitait et se tordait en une inimitié presque haineuse. Joshua avait essayé de les rapprocher par les beaux souvenirs qu'ils avaient en commun, mais chacun était resté à se bauger dans sa rancœur maculée d'animosité. Après un déjeuner ennuyeux égayé seulement par les pitreries des enfants, le jeune homme avait emmené en promenade digestive les parents. Les quatre bambins devaient être soustraits au grondement de colère qui pouvait éclater au-dessus des confessions de Joshua. Ils étaient donc demeurés au logis aux soins de Golda.

En passant devant la propriété de Joshua, le chemin se courbait sensiblement sur une bosse enflée par l'ancienne chute de pierres. Sa trajectoire s'inclinait lourdement comme s'il encaissait encore difficilement le choc de l'éboulis. Elle se redressait ensuite, abrupte, rude et tortueuse.

Les trois flâneurs n'avaient ouvert la bouche que pour souffler bruyamment, fatigués par l'effort. Lorsqu'ils levaient la tête, ils n'apercevaient que la courte courbure d'un lacet dont l'extrémité s'obstinait à se cacher derrière l'arrondi du coteau. Droit devant eux, le sentier semblait s'effacer, en tournant. Il avait l'air de donner la préséance au taillis précédant le vide qui s'ouvrait sur un paysage au vaste panorama blanc. Sous leurs pas, peu à peu, la fine et plate gelée blanche se gonfla en une légère couche de neige qui s'alourdissait en approchant du sommet. Les branches des arbres, s'élançant de robustes troncs, se jetaient au-dessus d'eux, presqu'à l'horizontale, emprisonnant entre le dédale de leurs branchages et de leurs rameaux des morceaux de ciel azur.

Leur ascension s'acheva au sommet. C'était un belvédère, dernière trace d'un peuple disparu. Sur un piédestal creusé en plein sol, une énorme et grande roche, au visage de géant remodelé en pierre aux formes abstraites par l'érosion, dominait le plateau. La vieille tête, mutilée et défigurée dans son combat pour l'éternité, n'avait rien perdu de sa farouche et altière expression.

Et, la végétation, comme par solidarité dans leur lutte commune contre les éléments, avait entrelacé cette face antique de mousse protectrice, lui conférant une gaine mousseuse contre l'usure. D'autres plantes longues et grimpantes, aux feuilles persistantes, rivées au terrain, étaient venues renforcer sa protection, en l'enracinant à la terre. La sculpture arrimée au sol avait pu mieux résister aux coups des intempéries, sans vaciller.

Kate et Arnold, essoufflés, s'assirent sur les lambeaux de pierre arrachés au visage gravé dans la roche. Ils gisaient çà et là, éparpillés sous une enneigée verdure attentionnée et protectrice. L'épreuve de l'ascension les avait rapprochés. Ils étaient dos à dos, fixant chacun un coin opposé du paysage, comme si leurs têtes refusaient la réconciliation que leur imposaient leurs corps.

Joshua, debout, caressait tendrement le heaume de feuilles qui protégeait la surface de la grosse roche. Un jet de souvenir vint assaillir sa mémoire. Son père et sa mère l'avaient souvent emmené sur ce plateau, au pied de cette sculpture, où leur couple lui avait donné l'impression d'échanger régulièrement leurs vœux, bénis par l'antique regard bienveillant de cette statue, représentant probablement une vieille divinité oubliée. Les nouveaux époux Fayat pouvaient eux aussi profiter de sa bénédiction, songeait-il.

Le jeune homme regardait, à quelques pas de la statue, cet autre couple, si important à son équilibre mental, s'ignorer parfaitement, les dos blottis l'un contre l'autre. La puissance de leur affection ne sortait, non plus par leurs bouches ou par leurs gestes, mais de leurs membres, trop longtemps sevrés, comme avides l'un de l'autre. C'était la force des sentiments, forcée par la fatigue, qui s'exprimait ainsi, par le toucher, en dépit de leur résolution contraire. La tendresse, acculée dans son repaire par la vanité, avait jailli dès les premières difficultés physiques des époux comme si elle fût un tuteur sur lequel ils s'appuyaient en cas d'adversité.

Pour Joshua, le rapprochement du couple, même s'il restait boudeur et chaotique, fut le premier effet bénéfique de cette promenade et de la statue. Le visage de Kate, encore tendu par l'effort qu'elle avait accompli, s'était défroissé. Sa chair s'était libérée des rictus nerveux qui s'y étaient enroulés. Cependant, son esprit rebelle et frondeur, à la vision égarée par cette enchanteresse échappée sur la plaine, la détournait encore de son mari. Celui-ci paraissait abreuver son regard vide au paysage. Ses yeux s'étaient remplis de l'éclat du merveilleux, réfléchi par ce ravissant panorama. Les belles couleurs de cette terre ouverte devant lui avaient envahi ses pupilles et semblaient fleurir sur son teint. Immobile, le corps d'Arnold semblait se statufier, pénétrer dans le socle de ce plateau en épousant ses nuances.

Il y avait dans la posture du couple quelque chose de similaire et de communicatif. Il communiait et communiquait ensemble avec la nature. Peut-être se parlaient-ils par cette méditation ? Se demanda Joshua. Ce dernier n'osait pas troubler la communion des époux réalisée par la médiation de ce lieu qu'il savait hanté par un antique mysticisme.

Et, il se retourna vers le panorama. Son regard se fixa sur la ligne d'horizon. Son affection pour Golda l'y délogea. Ses yeux glissèrent obliquement sur le paysage jusqu'à un creux boisé, bosselé par quelque chose de semblable à un tas de roches tombées du sommet de la colline. C'était sa maison, aux couleurs de pierres abandonnées, construite par ses parents avec des matériaux extraits du sol, qui nichait dans ce sous-bois sans feuilles qui ressemblait, du sommet, à un amas de fines et sombres brindilles constituant un nid oublié.

« Ce plateau couronnant la colline et ce paysage se déployant à ses pieds sont des endroits singuliers et très particuliers pour moi et pour ma famille, commença Joshua d'une voix émue, sans se retourner. »

Il sentait, dans son dos, les regards étonnés et brulants de ses proches brasiller de reconnaissance pour la confiance qu'il leur accordait.

« Pendant mon enfance, continua-t-il en se retournant, ma mère et mon père, dit-il en balbutiant légèrement, m'ont souvent emmené ici, ajouta-t-il en s'approchant de Kate et d'Arnold. »

Le couple s'était levé. Côte à côte, les mains s'effleurant discrètement, comme pour rechercher un réconfort rassurant, ils dévisageaient leur interlocuteur, effrayés par ce début de confession, sans vraiment comprendre ce qui allait se passer.

« Mais que dis-tu Joshua ? Tu divagues complètement, s'emporta Kate, comme s'il s'agissait du dernier sursaut d'un déni qui reniait depuis la naissance de son frère la vérité des faits. On t'a recueilli alors que tu n'avais que quelques jours. Il n'y a qu'une seule vérité. Ne va pas te chercher un passé imaginaire. Ta seule et vraie mère, c'est Blume Dostoski-Draskovic. Et moi, Kate Fayat, née Dostoski, je suis ta sœur, et c'est tout, il n'y a rien d'autre à ajouter. »

Kate, exaspérée, s'était élancée vers son frère. Elle avait accroché ses mains au bras de Joshua et le dévisageait violemment, la chair meurtrie de colère.

« Kate, tout ce que tu as dit est vrai, lâcha simplement Joshua. Blume est bien ma vraie mère, dit-il en appuyant sur les deux derniers mots. Elle est aussi ma mère biologique, Kate, insista-t-il en faisant dévier son regard sur le côté par pudeur pour l'étonnement de sa sœur et les mensonges de sa mère. »

Les bras de Kate tombèrent le long de son corps. Ses épaules s'affaissèrent. Sa bouche s'entrouvrit d'étonnement. Sa langue se recroquevilla derrière ses lèvres. L'élan de son sang vers sa tête semblait tari. Son visage était blême. Ses muscles s'étaient tout à coup relâchés, comme étourdis par le choc de la nouvelle.

L'infaillibilité de sa mère, cette matrone demeurée fidèle à la mémoire de son mari mort dans les camps de l'Est, était brisée, souillée par cette infidélité faite au disparu. Sa mère avait aimé ou pire aimait encore un autre homme qui avait usurpé la place de l'Absent, abusé de la solitude de sa mère. Voilà, elle avait trouvé le coupable. Tout était de la faute du père de Joshua. Qui était-il ? Où était-il à présent ? Ce scélérat, responsable de cette sensation de déchirure qui abîmait son âme, devait payer ! Elle se vengerait, le ferait périr dans d'atroces souffrances. Son mari était avocat. Il l'aiderait à rétablir l'honneur déchu de la famille.

Elle s'égarait. La douleur et la déception déchiraient son entendement qui s'émiettait dans des chimères incohérentes. Elle déraisonnait, omettant dans ses désirs égoïstes de vengeance les sentiments de sa mère et de son frère pour cet homme. Elle releva la tête pour capter en vain le regard de son époux qui était déjà à côté d'elle, de profil, les yeux effarés posés sur Joshua.

Au moment où le jeune homme avait confessé le nom de sa mère biologique, Arnold, frappé par l'évidence, s'était, à son tour, avancé vers Joshua. Le corps contracté, il s'attendait, après sa femme, à recevoir la cuisante et cruelle désillusion qui hache les certitudes et en disperse les morceaux aux quatre coins d'un passé révolu, faussé de mensonges. Fébrile, il épiait le regard du frère de Kate qui s'attardait, absent, sur la végétation recouvrant la statue.

Joshua, le regard humble, suppliant et en prière, paraissait mâchonner quelques phrases entre ses lèvres en direction de cette vieille divinité au pouvoir miraculeux éventé par l'oubli des Hommes. Le jeune homme soupira, comme déçu qu'aucun miracle ne fût venu l'assister dans sa tâche. Il attendit en silence, en évitant soigneusement les yeux d'Arnold.

Un nuage vint percuter le sommet de la colline. Il se disloqua en une nappe de brume qui déposa quelques morceaux de brouillard sur le plateau avant de poursuivre sa chute sur les sous-bois en contre-bas, où les débris brumeux se dispersèrent en s'accrochant, de-ci de-là, à la cime des arbres.

« Joshua, dit-il d'une voix chevrotante, qui est ton père ? »

Lentement, le regard du jeune homme s'éleva jusqu'à celui d'Arnold. Il s'y abîma dans une contemplation singulière et attachante, comme si Joshua profitait de ces derniers instants, avec une joie triste de condamné.

« Mon père est Aristide Fayat, tonna-t-il d'une voix grave. Arnold, je suis ton frère à toi aussi. »

Kate poussa un cri. Elle se sentait perdue et impuissante. Le perfide qui avait abusé de la confiance de sa mère était son beau-père, le propre père de son mari. Elle secouait la tête, elle ne pouvait pas le croire. Elle avait toujours considéré Blume et Aristide comme des personnes moralement irréprochables. Elle s'était accroupie, recroquevillée, le visage entre les genoux. Elle sanglotait.

Kate avait toujours connu Aristide. Celui-ci était devenu un père de substitution pour elle bien avant son mariage. Sa mémoire était imprégnée de l'image de cet homme. Ce dernier y était présent dans l'intimité de la famille de Kate, souvent près de Blume. Elle ne s'était jamais posé de questions, sa présence lui avait été naturelle, normalisée par l'habitude. Elle s'en voulait à présent d'avoir été si naïve et si ingénue. Tout son monde et ses certitudes s'étaient fondus en un puissant sentiment de colère et de trahison. Elle serra les poings de ses bras pliés et les jeta vers sol en se relevant d'un élan rapide.

«- Pourquoi nous dis-tu ça maintenant ? Tu agis sur les ordres de maman ? Depuis combien de temps sais-tu tout cela ? Le mitrailla-t-elle de questions.

- J'ai toujours su la vérité Kate. Les parents ont juste confirmé mes doutes pendant mon adolescence, répondit-il en fixant ses yeux sur le dos de son frère qui s'était éloigné d'eux. Maman ne m'a donné aucun ordre, j'ai agi seul, conclut-il, le regard ne restant pas en place, gesticulant de tout côté à la poursuite de la silhouette d'Arnold qui brassait les volutes du brouillard. »

La grosse roche voilée de brume se camouflait dans le drapé du gaz humide à la fluidité molle et légère d'une gaze opaque. Au-dessus de leurs têtes, les feux ardents du soleil s'éteignaient dans le flot de ces vagues brumeuses. Son rouge de braise était noyé et asphyxié par ce brouillard blafard et profond. Les éclats de l'astre devenu blême s'affaiblissaient. Il donnait l'impression qu'il allait suffoquer sous le poids de cette lourde et pesante couche de blanc.

Cette avalanche blanchâtre avait enseveli tout le plateau. Tout était brumeux, silencieux et aqueux autour d'eux. Les corps submergés se distinguaient à peine. Ils ressemblaient à des ombres inquiétantes qui erraient hébétées et sans but sur cette terre sans repère.

Joshua prit sa sœur par la main. Il la guida au pied de la statue, seule borne fiable et solide dans cet environnement embrouillé et trouble.

« Arnold ! S'écria le jeune homme en regardant la silhouette de son frère qui déambulait un peu plus loin. Reviens vers nous. Ce brouillard épais couvre les crevasses et les dangereuses failles du plateau. Le mieux que nous ayons à faire est de rester près du gros rocher. En cette saison, la brume ne dure pas très longtemps. »

La fine forme noire, rongée de blanc,

s'épaissit en une masse à l'aspect de roche compacte. Puis, un visage, des épaules, des bras, un buste et des jambes semblèrent se modeler sur ce bloc. L'ensemble, ainsi moulé, jaillit de cette écume de bruine.

Arnold rejoignit son frère debout, le visage encore anxieux et sa femme appuyée sur la statue, le front courbé et abattu. Sans les regarder, il s'assit sur le socle de la sculpture, accablé, les mains dans les poches et la face parcourue par des tics anxieux qui faisaient vibrer ses narines et ses nerfs.

Ils observaient tous les trois, sans bruit, le cours du brouillard s'écouler doucement du haut du plateau sur les flancs de la colline. Son lit blanc suivait la courbure de la pente dans un flot continu, paisible et presque doux. La végétation, baignée par ce flux, restait roide et impassible sous ce courant aérien et humide, coulant à travers elle comme un torrent fantomatique.

« Arnold, reprit Joshua, la voix serrée de crainte, je voudrais que mon enfant porte le nom de famille de notre père. J'aimerais aussi, continua-t-il encouragé par le silence de son frère, l'accoler pour moi au nom de ma mère. »

D'abord, tout le corps d'Arnold se pétrifia et se replia en une forme abstraite et irrégulière comme parente du gros rocher qui les surplombait.

« -Pourquoi veux-tu faire ça, maintenant ? Articula-t-il difficilement

- Le nom de Fayat est légitime pour mon enfant. Il ne doit pas demeurer la victime involontaire de ce passé. Fayat est le nom de sa lignée paternelle. Il est par conséquent normal qu'il le porte. »

Arnold se releva. Il recula de quelques pas. Il jaugeait Joshua avec une expression morcelée par le désarroi et l'effroi. Les battements des ailes de son nez étaient frénétiques, comme paniqués. Ses pupilles affolées roulaient dans ses orbites trop étroites, emprisonnées dans un regard bridé de colère. Un brasier incandescent de fureur avait saupoudré des étincelles de rage sur le blanc de ses yeux.

« Joshua, as-tu pensé à ma mère ? S'enflamma-t-il, le teint pourpre. C'est elle la vraie et seule victime de cette histoire. Elle a été cocue, trompée par son mari, délaissée par son fils et maintenant tu voudrais l'écraser de honte et de peine en admettant publiquement d'être l'enfant de l'adultère. Ce n'est pas possible tu ne peux pas lui faire cela, se lamentait-il en secouant son visage sous ses cheveux bouclés, agités. »

Le nom de son père épousant celui de Blume sur les papiers d'état civil de son frère lui était intolérable. Il lui semblait que cette relation hors mariage serait en quelque sorte officialisée et reconnue par l'état, du vivant même de sa mère. Il trouvait cela inacceptable et blessant pour Berthe.

« En quoi la peine de ta mère concernerait-elle Joshua ? Intervint Kate dont l'inimitié pour Berthe n'avait fait que s'accroitre avec l'affaire Botchen. Notre frère, n'a-t-il pas assez souffert du secret et des mensonges qui entouraient sa naissance ? Selon toi, Monsieur l'Avocat à l'esprit vif, ironisa-t-elle, qui ce mystère essayait-il de ménager ? Joshua a protégé la susceptibilité de ta mère suffisamment longtemps. Il est l'heure pour lui, avec l'arrivée de son enfant, de dire la vérité à tous. »

Kate s'était dressée. Droite et hargneuse, elle défiait son mari. Frapper Berthe, cette femme qui avait conduit Arnold à s'occuper du cas Botchen, la dédommageait de son chagrin. La faute de Blume était pardonnée et absoute. Finalement, elle se félicitait d'avoir pu réprimer, au moment où ils étaient venus à son esprit, les reproches vengeurs et désobligeants pour son beau-père, abuseur et séducteur de veuve. Sa belle-mère avait agi dans l'affaire Botchen sans égard pour Blume, elle devait payer maintenant son manque de sensibilité, songea-t-elle, l'ombre d'un sourire sardonique étirant d'une gaieté implacable son visage.

«- Kate, de toute façon, tu n'as jamais aimé ma mère regretta-t-il.

- C'est faux, se défendit-elle. C'est elle qui a refusé ma main tendue. Elle a toujours été froide et distante avec moi et ma famille.

- Maintenant, on comprend pourquoi, répliqua-t-il sur un ton chargé de sous-entendus.

- Que veux-tu dire ? Demanda-t-elle, les poings sur les hanches dans une position de défi. »

Elle examinait le regard de son mari, fouillait dans ses pupilles comme si elle prospectait un éclat de méchanceté contre sa mère qu'elle pourrait exploiter dans une conversation où Blume chercherait encore à défendre son gendre.

« Je veux dire que ta mère… hésita-t-il en faisant glisser ses yeux sur la statue. »

Il regardait le rocher comme s'il voyait les mots d'un texte divin qui pourrait l'inspirer vers une voie de sortie dans cette discussion délicate.

« - Elle a agi de façon légère, reprit-il en fixant les yeux de son épouse.

- Ce qui veut dire en langage Fayatien que ma mère est une femme légère, c'est bien ça ? Exagéra Kate, le regard brillant comme celui d'un mineur ayant trouvé une fausse pépite à l'éclat d'une pierre précieuse.

- Ce n'est pas vraiment ce qu'il a dit, plaida Joshua en faveur de son frère.

- Ah tiens, maintenant que tu veux être un Fayat, tu le défends contre moi. Tu es son avocat à présent, le rabroua-t-elle. Je te signale que ton idée de porter son nom n'a pas l'air de lui faire plaisir. Tu ferais donc mieux de rester en dehors de cette explication. »

Le brouillard s'était totalement déversé sur la plaine. Il formait un lac nuageux au pied de la colline, croupissant tout entier dans une cuvette ceinte par une paroi de rochers et de taillis.

« Le brouillard s'est levé. Je m'en vais, lâcha Arnold

laconique. »

Il partait. Il battait en retraite. Il connaissait les irritations de son épouse, ses énervements outrés d'exagération, ses exaspérations feintes et méchantes, ces riens et ces mots anodins qu'elle saisissait et transformait en cataclysmes bouleversants qui la désespéraient de dégout contre lui. Il fallait et, surtout, il valait mieux abandonner la querelle, lui céder la place.

Le regard dur de Kate remué par la fureur s'émoussa sur le dos rond de son mari qui s'éloignait les épaules basses.

Elle avait consacré vingt-sept mois de sa vie à la grossesse de leurs quatre enfants. Elle les avait portés pour lui aussi. Sa taille, tant enviée par ses amies, s'était épaissie pour le rendre heureux et fier. Sa ligne s'était bombée, arrondie puis fendue, de la tête au pied, en de graisseuses courbures qui s'étaient enfoncées dans ses joues, ses fesses, ses cuisses, ses seins, ses bras, son cou et son ventre. Malgré tout, trois fois, elle avait enfoui avec joie, pour le bonheur de leur couple, le diktat de la minceur dans les rondeurs de la grossesse. Aujourd'hui, ses rondeurs avaient fondu, sa ligne s'était rectifiée, mais il lui semblait que cet excès de graisse avait brisé la nervosité de sa chair. Sa peau était devenue flasque, comme trop large pour sa morphologie. Elle avait parfois l'impression que son corps flottait désagréablement dans ce tissu dermique un peu lâche.

Maintenant Arnold la payait de son sacrifice par des airs d'ingratitude. Il s'alliait avec ses ennemis, Karl Von Botchen et Berthe, unis pour Kate dans la même alliance de répulsion.

Elle se dévora les lèvres. Elle ouvrit de grands yeux outrés et mauvais en cherchant le moyen de commettre des actes redoutables et humiliants contre son mari. Tout-à-coup, Joshua vit l'expression de sa sœur se détendre en une inflexion amusée et quelque peu mesquine. Souriante, elle interpella son frère joyeusement :

« Joshua, rentrons, nous aussi. Tu sais, lorsqu'Arnold évite mes réprimandes, il s'excuse toujours en m'invitant à diner en ville après coup. Mais actuellement, il est très occupé avec sa mère et le rabatteur de Noyles, il n'aura pas le temps. Cette querelle m'a pourtant ouvert l'appétit, j'ai des envies de sortie ! Conclut-elle d'un ton énigmatique et déterminé en entrainant dans la descente un Joshua déconcerté. »

.... à suivre ...

REMERCIEMENTS

Je remercie Stéphanie, ma femme, pour son soutien qui a contribué de façon capitale à la rédaction de ce roman.

À PROPOS DE L'AUTEUR

Il a fait des études d'ingénieur et est entrepreneur dans le textile et l'artisanat alimentaire.

Il est né dans le sud de l'Ile de France, entre ville et campagne. Il grandit bercé par deux langues : le français et le créole. A sept ans il envisage déjà de devenir écrivain, à 13 il fait du théâtre pour dompter sa timidité.

Armé de son diplôme et du peu d'anglais qu'il connait, il part en Inde en CSNE. Après 18 mois entre Bangalore et Chennai, et un passage dans la grande distribution, il devient en 2002 bras droit du fondateur d'un des leaders des collants et du Seamless en Italie. A 28 ans il ouvre sa propre entreprise dans le secteur de l'habillement sport. Il y développe ses talents de communication et d'observation.

Il a six enfants auxquels il consacre beaucoup de temps afin qu'ils trouvent eux même leur voie. Passionné d'histoire, curieux de comprendre comment fonctionne le monde il parle de nombreuses langues grâce auxquelles, "depuis sa cuisine" comme il aime à le dire, il observe et analyse.

En 2014, le besoin d'écrire est impérieux. Il écrit son premier roman : "Les cerisiers ne pleurent jamais. Le temps de Joséphine". Le premier tome finalisé d'une saga qu'il envisage d'écrire. En 2015 il enchaîne avec "la permanence de l'Adhérent ". Il termine en mars 2016 une fiction dévoilant des pans cachés de l'occupation ''Les Spectres de la Mémoire''.